英雄女騎士に
有能とバレた俺の
美人ハーレム騎士団
I WAS FOUND TO BE COMPETENT
BY A HEROIC FEMALE KNIGHT
AND LEAD A BEAUTIFUL HAREM OF KNIGHTS.
ガイカク・ヒクメの奇術騎士団
ティストリア
caption
点である騎士総長を務める、
ごう美女。麗しい姿でありながら、
戦闘能力を誇る人間の「エリート」。
る事件をきっかけに、ガイカクの
実力に気づく。

「国中から先生のお弟子さんに
なりたいって人がたくさん来て、
それを先生は追い返すんです。」

「私たちという
信頼できる助手がいるから、
お前たちはいらないって！」

ソシエ

caption

ガイカクの部下で、助手を自称する
エルフの少女。
エルフの中では最低レベルの
魔力しか持たない落ちこぼれであるが、
そんな自分を救ってくれたガイカクに
心酔している。

備え付けの湯船に、ゆっくりと体をつけていく。
ごく自然な現象として、彼女の体温は上がり、
顔色は赤くなった。

「とても良い湯加減です」

エルフが残った力のほとんどを使い切って
構築したバリアに、四度目の魔力攻撃がさく裂する。

「ファイア！」
ガイカク・ヒクメ
caption
違法な技術を研究する天才魔導士。
貴族の私兵として世を忍んでいたが、
ティストリアに実力を気づかれ、騎士団長として
落ちこぼれの少女たちを従え、
数々の任務をこなしていくことに……。

Rokurou Akashi,
Shunsuke Himuro
Presents

# 英雄女騎士に有能とバレた俺の美人ハーレム騎士団

## ガイカク・ヒクメの奇術騎士団

明石六郎

ファンタジア文庫

3336

口絵・本文イラスト　氷室しゅんすけ

# CONTENTS



I was found to be competent by a heroic female knight and lead a beautiful harem of knights.

# 第一章　噂《うわさ》の魔術ショー

## 1

『細工は流々仕上げを御覧《ごろう》じろ……さあ！　ショーの始まりだ！　伯爵様、パフォーマンスをばっちり決めてくれよなぁ！』

よく晴れた日のことであった。ボリック伯爵の治める城下町にて、とある催しが行われようとしていた。それを見るために多くの見物人が集まり、人混みを成していた。

その人混みには、見るからに暇そうな若者もいれば、雑踏とは無縁そうな女子もおり、また生真面目そうな学者らしきもの、裕福そうな男性まで交じっている。

なんとも統一感に欠ける、混沌《こんとん》とした集まりだった。

わいわいがやがや、という雑踏の中……たいそう、たいそう鼻高々な男が現れた。

この城下町の長《おさ》、ボリック伯爵である。その姿を見て、失笑する者も多い。

なにせお世辞にもやせているとはいいがたく、背も高いとは言えない。そのうえ顔もそこまで良くないのだから、彼が自信ありげに歩いているだけで、道化めいた振る舞いに見える。

本当に高価な服を着ていて、本当に高貴な人間なのだから、なお面白いのかもしれない。

「うおっほん！」

観客たちを前にして、ボリック伯爵はとても大げさに咳払《せきばら》いをした。

それを見て、観客たちもさすがに空気を読む。相手がお偉いさんということもあって、一斉に黙った。

「この度は吾輩《わがはい》の演習を見るべく集まってくれて……とてもありがたい」

現在彼は、町の中に用意された、大きな囲いの中にいる。

現在囲いの中には、人間は彼しかいない。他にあるのは、彼が壊す『的』だけだ。

敷居《しきい》はかなり広く作られており、なおかつ砂袋なども置かれていて、ある程度の安全措置も取られていた。

なんとも物々しい雰囲気だが、その本格さがわくわくを誘う。

「今回の的は……この『不動岩《ふどうがん》』だ。知らぬものもいるのでわかりやすく説明すると……とても頑丈で、よほど強い魔力攻撃でなければ壊れない性質を持っている」

その不動岩は、一種の水晶に見える。だが水晶にしては透明度が低く、とても黒かった。水晶と岩の中間に位置しそうな鉱物であった。

よく知らぬものは『へえ、そんなものがあるのか』という顔をしており、よく知っている者たちは本当に壊せるのか、と疑っていた。

「そうだ……あの不動岩は、とても硬い。魔力攻撃以外で壊れた例はそう多く聞かないし……魔力攻撃であっても、そう簡単には壊れない」

「あれだけの大きさの不動岩ともなれば、一般的な魔術師十人が、全力を出し切ってようやく壊せるほどだぞ」

「それを……あの男が、一人で？　魔力の研鑽《けんさん》に体形は関係ないが、到底できるとは……思えない」

魔術をよく知る者たち……つまり魔術師たちは不可解さを隠さない。

正直に言って……領主が趣味でやっている程度の魔術で、あの不動岩が壊されてたまるか、という気分になっていたのだ。

もっと言うと、「あのデブにできてたまるかよ」でもあった。

そんな視線を、嬉《うれ》しそうに受け止めるボリック伯爵。

他人から実力を疑われ、それを見返すのは実に気分がいい。

「ではこれより……我が魔術をお見せしよう」

ボリック伯爵は、前置きもそこそこに、自分の指をその岩に向けた。

ほどなくして、その不動岩に『赤い点』が灯《とも》る。

もっとも、それに気付いた者はいなかった。巨大な岩に、赤い点がついたところでわかるものはいまい。

しかし、その点が灯ったあと……。

ごごごうん。

強大な魔力攻撃がさく裂し、巨大な岩が砕け散った。

衆人の前で実践されたにもかかわらず、いきなりこうなっていたのだ。

いつの間にか魔術が発動し、そのまま巨大な不動岩は壊されたのだ。

「おお……相変わらず、すげえなあ……」

魔術について詳しくない者は、目の前で凄《すご》いことが起こったとしか思っておらず……。

「バカな……ろくに呪文も唱えず、魔法陣も構築せず……どうやって⁉」

「おい、ちゃんと見ていたんだろうな⁉　例えば周囲にいる誰かが、代わりに魔術を使ったとか……」

「いや、まったくいなかった。というよりも、あれだけの不動岩を粉々にできるほどの魔術、その準備をしていれば誰でも気付けたはずだ……」

　現場にいた魔術師たちは、専門家だからこそ常人よりも困惑していた。

「では、いったいどうやって……どんな手品を使っているのだ⁉」

　そんな混乱に優越感を覚えながら、ボリック伯爵は悠々と退場していく。

　演習という名の魔術自慢大会は、今回も成功していた。

　貧富の差、知識の差も関係なく、ボリック伯爵の魔術に驚嘆の念を隠せなかった。

「聞いたかよ、魔術の腕が王家の耳にまで届いて……魔術師として騎士団に招き入れるかも、なんて話もあるんだと！」

「おいおい、マジかよ……国家の最精鋭に、あのデブが？」

「いやあ……あれだけの魔術を苦も無く使えるんだから、推薦されても不思議じゃねえさ……」

　周囲から『凄腕の魔術師』として認識され、敬意を払われる。

　はっきりいって、とても楽しい。誇らしげに胸をはり、腹を揺らしながらボリック伯爵は囲いの外へ出て、お付きの者たちと一緒に城へと戻っていった。

　もちろんお付きの者たちもボリック伯爵に対して一種の緊張感を持っており、もしも機嫌を損ねれば自分も粉々にされるのではないかと怯《おび》えてさえいた。

だがその恐怖もまた、心地よい。

彼は自尊心を大いに満たし、城の中、自室へと入っていく。

そこで彼は全身を、ぜい肉を震わせながら大いに笑っていた。

「くふははははは！　馬鹿どもめ……下民どもめ……この私に対して、ようやく正しい畏敬を向けて来たな！」

彼の主観において、領主とはえらいもので、伯爵とはえらいものだ。

だからこそ、その自分に敬意を表《ひょう》さない者たちは間違っている。

その間違いがようやく正され始めたことに、彼は快感を覚えていたのだ。

「伯爵様……ご機嫌そうで、何よりでございます。伯爵様の喜びは私の喜び……私も嬉しゅうございます」

伯爵は、この部屋に誰も連れてこなかった。

にもかかわらずこの部屋に誰かがいたということは、つまり伯爵よりも先に入室していたということである。

とてもくたびれた布を羽織っている、背の曲がった、縮こまっている男。

彼はわざとらしいほど卑小に振る舞いつつ、伯爵を賛美していた。

その顔は、まったく見えない。わざとらしいほどに、顔を見せないようにしている。

「お前か……ガイカク」

やや気恥ずかしそうに、伯爵は咳払いをした。

とはいえ、他でもない彼に対してはその程度ですむ。

もしも他の誰かが聞いていれば、それこそ適当な口実で殺していたかもしれない。

それらしいことは一切言っていないのだが、『とある不都合な真実』へたどり着きかねない者は排除しなければならないのだ。

「いかがでしたか、今回の見世物は」

「上々だな……以前のように、魔術以外の何かを使っているのではないか、という声は小さい。その上……誰も彼もが尻尾をつかもうとしているからこそ『近くに誰かがいて代わりに魔術を使っているのではないか』という声も否定され始めた。疑っているからこそ誰もが確かめ、そして真実だと思い込むのは皮肉だがな」

「それはそうでしょう……とはいえ、そろそろ私ごときの手品ではごまかせぬ『本物』が来るやもしれません。そろそろ示威行為もお控えになった方が……」

「……そうかもしれんな」

ガイカクという、わざとらしいほど怪しい男。彼からの進言を聞いて、ボリック伯爵はやや不満そうだった。

やればやるほど自分が『何もしていないこと』がバレる可能性が高まることも、わかってはいる。

だがこのまま定期的に演習をやって、周囲から賞賛や尊敬を集めたくもあるのだ。

恥をかきたくない見栄《みえ》と賞賛されたい見栄との板挟みになっている彼は、結論を先延ばしにするべく話題を変えた。

「ま、まあその話はおいておこう……仕事の話だ」

そういって、ボリック伯爵は数枚の金貨を渡した。

これは先ほどの『見世物』への報酬であり、実質的なチップに過ぎない。

そんなことはガイカクもわかっているので、受け取っても帰ることはなく、手元が見えないようにメモを始めた。

「実はな、王家より密命が届いておるのだ。騎士団から抜けたエルフが、私の領地に入り込んでいるとな」

「……それは、尋常ならざる事態ですな」

「その通りだ。騎士団に属していたのならどの種族であれ危険に変わりはない、私の兵では多くの犠牲が出てしまう」

ボリック伯爵はとてもまじめな顔をしてる。彼がこの事態を、重く受け止めている証拠だった。

元騎士とくれば、それこそエリート。どんな理由で抜けたのかはわからないが、少なくとも一般兵では勝ち目はない。

自分の兵を信じていない発言だが、おそらく彼の部下たちも大いに賛同するはずだ。戦力の評価は、とてもまともである。

だがそこまで言ったところで、ボリック伯爵は忌々《いまいま》しそうな顔をする。

「騎士団から抜けるなど……考えられん」

領主であり伯爵であり、とても偉いはずの自分。それよりも称賛される者たち、スゲースゲーと誰もが認める者たち。それが騎士であり、騎士団。

その栄光をつかみ、しかし投げ捨てた。そんな者が、許せない。

「叶《かな》うなら、私の手で、殺してやりたい……！」

その震えは、小男の震えであった。

はっきり言って、器の小さい男であった。

「伯爵様……どうか怒りをお鎮《しず》めください。私に命じてくだされば、速やかに排除いたしましょう」

ガイカクは伯爵へ、なんとも甘い言葉をささやいた。

「現役の騎士ならまだしも、抜け出た落伍者《らくご》など問題ではありませぬ。無様な死体を、ここへお持ちいたしましょう」

「そうか……」

この言葉を、もしも勇壮なる美男子が口にすれば。

如何《いか》に自分の部下であっても、あるいは息子であったとしても、嫉妬から苛立《いらだ》ちをぶちまけていただろう。

だが相手は、絵に描いたような怪しい男だ。およそ正道からほど遠い、外法《げほう》の使い手だ。妬ましく思っている相手が、卑《いや》しい者に引きずり降ろされる。それはなんとも、愉快な話である。

「潜伏している場所は、ある程度絞り込んでいる。その場所の地図を渡そう」

「おお、ありがたき幸せ……」

「さすがにそこまで任せていれば、いつになるのかわからんのでな」

実際のところ、伯爵の領地はかなり広い。

この中に潜伏している者を探るとなれば、普通に伯爵自らが人を使うのが一番だった。

「その地図にある山を根城として、そこそこの規模の山賊団が縄張りを作っている。近隣の男たちが集まって立ち向かったが、凄腕の魔術師によって大打撃を受けたとか……おそらくその魔術師こそが、騎士団から抜けたエルフだろう」

「……違ったとしても、討伐せねばなりますまいな」

「うむ、期待しているぞ。それから言うまでもないが……」

「はい……私めは影。不都合な事実を、消すのが役目にございます」

想定が正しいのなら、仮にも騎士だった者が山賊の頭になっている。

そして周辺へ被害を加えているのなら、それは不祥事に他ならない。

そうそうに壊滅させ、何もなかったということにするほかない。

「ただ……卑しき山賊が壊滅した……それだけでございます。それを討ち取った『誰か』が武名を謳《うた》うことはなく、ただ領主様の民が安寧を取り戻すだけ」

「そうだ、それでよい」

そこまで言ってから、領主は金貨の詰まった革袋をいくつか机の上に並べた。

「これは手付金だ、頼むぞ」

その金貨がどれだけの価値があるとしても、命がけの仕事であることに変わりはない。

仮に伯爵の兵一人一人へこの金貨を渡したとしても、大抵は逃げ出すほどの大仕事だ。

金で（自分の）命は買えないのだから、いくら出しても請け負わないだろう。

「お任せを」

それを請け負うこのガイカクは、つまり死なずに成し遂げる自信があるということだった。

2

うっそうと木々の茂る山間《やまあい》の道、そこを四頭立ての馬車が一台進んでいた。

なんとも怪しい風体の御者が、その四頭の手綱を握っている。

また馬車は少々立派な仕立てで、布製の屋根がついている。そのため積み荷を遠目で確認することはできず、ますますの怪しさを醸《かも》し出している。

だがしかし、怪しく見えるだけ、と言われればそれまでだ。

それっぽく見せて山賊を遠ざけよう、という浅はかな考えと言えなくもない。

だからこそ、その周辺を縄張りとする山賊たちはその馬車を包囲していた。

「おいおっちゃん！　その馬車から降りて、どっかに行きな！　そうすりゃあ命だけは助けてやるぜ」

「俺たちは慈悲深いんでな……まあ、殺して汚れたら面倒ってだけなんだが……」

「お前は死なずに済む、俺たちは働かずに済む。ウィンウィンの関係だな」

「わかったらとっととどっかに行きな、俺たちの気が変わらねえうちによ」

山賊たちは、御者などどうでもよかった。

彼が荷車を置いてどこかへ行くのなら、一々追いかける気はなかった。

懐《ふところ》を探ってやろうなどとは思わないし、逃げ延びて自分たちのことを喧伝《けんでん》されてもよかった。

とはいえ、御者が粘ればその限りではない。彼らは遠慮なく暴れるつもりだった。

「……かかったか。お前たち、出番だぞ」

だがしかし、彼らの期待は根本的に否定された。

馬車の荷台から、ぞろぞろと『人』が降りてきたのである。

いやさ、そもそも一見して人ではなかった。

山賊である人間の男たちをして、見上げるほどの毛むくじゃら。

それこそ雪男と見まごうほどの、剛毛の巨人。およそ二メートルの、毛だらけの怪物。

手足や胴体がやたらと膨らんでいるその姿は、膨大な質量を感じさせる。

そしてそれらの最も恐れるべき点は、両手にこん棒と盾を持っているということだろう。

その装備はどう見ても、兵士であった。つまり、山賊をはめるための罠《わな》だったのである。

とはいえ、その悲惨な事実に気付くよりも先に、その巨大な毛むくじゃらたちは山賊へ襲い掛かった。

「はあ、あああああ！」

どすんどすんどすんと、巨大な怪物が歩みを進める。

それはさながら小さめの象のようですらあり、ただ進むだけでもすべてをなぎ倒していきそうであった。

それらが体格に見合ったこん棒を振り回しているのだから、一般的な山賊がどうにかできるとは思えない。

「なんだ、こいつ⁉　新手の怪物か⁉」

「バカ野郎！　ぶっ殺しちまえ！」

山賊たちも、無抵抗ではなかった。

山賊ゆえにたいした武装はしていないが、それでも鉄の剣ぐらいは持っている。

それを振りかぶって、毛だらけの体へ切り込んだ。

「だ、駄目だ、歯が立たねえ！」

山賊たちの剣は、その怪物に当たりはした。だが当たっただけで、ダメージになっていない。

毛皮が分厚過ぎて、出血させることさえできなかったのだ。

「あ、ああああ！」

す。

その怪物たちは、こん棒を振るって反撃した。

普通の人間なら両手でようやく持てるかという大きさのこん棒を、片手で軽々と振り回

「おぐっ！　がっ、あああぁ！」

「ぶぎゅあ……！」

技も何もない一撃だけで、二人の山賊が吹き飛んでいく。

装備の質どうこうの話ではない。体重と腕力が、攻撃力と防御力が違い過ぎた。それこそ、虎と猫ほどの差があった。

ここまで戦闘能力が違えば、少々の人数差など何の意味も持たなかった。

「魔術師様に……エルフ様に来てもらわねえと！　これはもう、勝ち目がねえ！」

「そうだ、こういう時こそエルフ様に……」

山賊たちからエルフの名前が出たところで、毛むくじゃらたちもひるんだ。

わかりきっていることではあったが、それでも緊張する名前である。

そしてそのひるみを見て、山賊たちは大いに笑った。

「へへへ……てめえらがどんだけバケモンでもなあ……」

「俺たちの御頭《おかしら》は、半端《はんぱ》じゃねえんだぜ？」

我がことのように自慢する山賊たち、その顔は既に勝利を確信していた。

「なにせなあ、御頭は……騎士団に所属していたんだからなぁ！」

山賊たちが勝ち誇っているところで、静かな足音が近づいてきた。

とてもおかしなことだが、静かな音なのに存在感がある。

殺し合いをしていたはずなのに、誰もが黙り動きを止めて、その足音のヌシへ視線を集めていた。

「……ふむ、ほのかに保存液の臭いがするな」

それは、まさにエルフの男性という風体だった。

背は高く、耳は長く、髪は銀色で、肌は白い。手足は細く長く、着ている服も極めて軽い。

所作には気品があり、表情には傲慢さが透けている。

だがその本人よりも目立つのは、彼の周りを守っている光の壁だろう。

一枚一枚は紙のように薄く、それが十一枚と重なって分厚い壁を構築している。

それの内部にいる彼は、戦場にあって恐怖と無縁の平静さだった。

「加えてその怪しい兵隊……そうか、お前は魔導士か」

そのエルフは、怪しい怪物よりも御者に視線を向けていた。怪物を無視しているのではなく、それを作ったものが御者であると考えたのである。

「……騎士団に所属していたエルフ、というのは間違いではないらしいな。シェルター型のマジックバリアをこうも多重に重ねているとは……」

一方で怪しい御者……ガイカクは、そのマジックバリアを見ただけで戦慄していた。

しかし逃げるそぶりは見せず、あくまでも対峙《たいじ》の構えを崩さない。

「なるほど、私への刺客というわけだな？　てっきり元同僚が来るかと思ったが、脱落者ごときに高貴なる騎士様はいらっしゃらないということか。ならば……見て見ぬ振りができぬほど、派手にやってやる必要がありそうだ」

「……おとなしく国に帰ればいいものを、なんでまたそんな無謀な真似《まね》を」

「……ほう」

騎士団とことを構えるつもりの彼へ、ガイカクは呆《あき》れていた。その呆れに対して、エルフは明らかに怒っていた。

それこそ、ボリック伯爵と同じように憤慨している。

体格も才覚も種族もまったく異なる二人だが、その感情は似ている気がした。

「……まず、言っておく。お前の言うように、騎士団を呼ぶなど無謀だ。騎士団には私と同等以上の猛者《もさ》が大勢いる、私一人で対抗できるわけもない。よって、無謀という表現は適切だ」

「……」

「だが……それを貴様に言われる謂《いわ》れはない」

露骨に敵意を向けて、光の壁越しに激怒を伝えてくる。

まだ構えているだけで攻撃してこないが、次の瞬間にも攻撃魔術の詠唱を始めそうであった。

「おおかたこの地の領主から派遣されてきたのだろうが……お前の方が無謀だったと知れ」

「……いやあ、そうでもない」

御者、ガイカクは、その顔が見えないまま笑った。彼がその指先をエルフに向けると、その周囲を守る光の壁に小さな赤い点が灯《とも》った。

「勝算はあるさ、だから来たんだ」

「何を……」

直後である。

それこそ周囲に土煙が吹きかかるほど、強力な魔力攻撃が光の壁に着弾していた。

エルフの配下である山賊たちをして、何が起こったのかまるでわからない。

傍《はた》から見てもわからないのだから、攻撃を受けたエルフはもはや何もわからぬまま死んだ、かと思われた。

「……驚いたな、素直に驚いた。十一層にも重ねたシェルター型のマジックバリアを、一撃で十層までもっていくとは。もしも手抜きをしていれば、今の一撃で倒されていたかもしれないな」

だがしかし、エルフは生きていた。土煙が晴れると、健在な彼が立っていたのだ。

怒りは驚きに変わっているが、それでもまるで傷を負っていなかった。

彼の周囲にあったマジックバリアのほとんどが破壊されているが、それでも一番奥までは壊れなかったのである。

「す、すげえ！　全然余裕だ！　ピンピンしてるぜ！」

「流石《さすが》騎士様！　何が起きたのかわからねえが、こりゃあ勝った！」

健在な彼の姿を見て、山賊たちは歓声をあげた。

「うそでしょ……！」

「アレに耐えるなんて……」

逆に、毛むくじゃらの怪物たちは恐怖で一歩下がった。

その毛むくじゃらたちに隠れるガイカクもまた、耐えきられたことに驚愕《きょうがく》している。

「バカな……今の一撃は、一般的な魔術師十人が、全魔力を注《つ》ぎ込んだのと同等だぞ⁉」

「ああ、それぐらいの威力はあったな。お前の計算は、極めて正しい。私のマジックバリアは、一層につき『一般的な人間の魔術師一人分』の魔力が込められている。それを十層破壊したのだから、お前の見込み違いということはない。ただ……私はエルフのエリートだ」

エルフは圧倒的な余裕を、ガイカクに見せていた。

相手が無知な虫けらではなく……実力差を理解できる程度には物を知ってると判断したからこその、力の誇示だった。

「エルフは魔力に秀《ひい》でており、どんな底辺でも並の人間二人分、並の者なら五人分は持っている。とはいえ、その程度の輩《やから》なら、今の一撃で倒せただろう。たとえすべての魔力を防御に注いだとしても、だ」

彼は説明をしながらも、優雅に呪文を唱えた。

それによって彼の前に精密で大きな魔法陣が構築されていき、それが完全となった瞬間に再びマジックバリアが展開された。

「だがエルフのエリートである私の魔力は、並の人間四十人分を超える……。その私にとって、今の一撃は片手間でも防げる攻撃に過ぎん」

「……騎士団に所属していたのは、伊達《だて》じゃないな」

「私に及ばないとしても、お前もそれなりだ。本当に驚いたぞ、何が起きたのか私でもわからないほどだ。だが……」

エルフは己の周囲を守るバリアを誇示した。

「今の攻撃、一発撃っただけでも大したものだが……そう何発もは撃てまい。ならばお前に残った手札は、その野蛮な兵だけ……それで私に勝てるとでも？」

エルフは再び呪文を詠唱し、魔法陣を構築する。

するとマジックバリアの外側にいくつもの光の弾丸が生まれ、ガイカクに向かって飛んでいった。

もちろん怪しげな兵たちがそれをかばうのだが、その兵の持つ革張りの盾はその一発を受けただけで砕ける。

「きゃあああ！」

「うう……みんな、だ、大丈夫⁉」

「ああ、盾が……砕けてる！　この盾を、一発で……⁉」

「あれだけのマジックバリアを展開しながら、この威力の魔力攻撃を……！」

「これが騎士団所属のエルフ……格が違い過ぎる！」

やや高い、女性の悲鳴。

それを発した毛むくじゃらの兵たちは、自分たちの持っていた盾が砕けたことに愕然としている。

まだ傷を負っていないが、また攻撃されたらと思うと戦慄を禁じ得ない。

「お前ら、大丈夫か？」

「はい、親分……でも盾が壊されてしまいました」

「そうかそうか、ならいいさ。お前たちが無事なら、赤字にはならない」

ガイカクは周囲の『女子』たちへ気づかうと、改めて指をエルフに向けた。

すると先ほどのように、赤い点がバリアに灯る。

「……何の真似だ？　もう撃てまい」

「いやあ、そうでもないんだ」

不審がるエルフだが、ガイカクは笑っていた。

そして、実際にその攻撃は着弾する。

先ほどとまったく変わらない威力で、マジックバリアの十層目まで破壊していた。

「な、なんだとぉ!?」

やはり無傷なエルフだが、その顔は驚愕に染まっている。

その狼狽《ろうばい》ぶりを見て、山賊たちも動揺し始めた。

「ば、バカな……こんなこと、できるわけがない！　いくらお前が魔導士《まどうし》だとしても、発動に呪文の詠唱を必要としないとしても……魔力の用意ができないはずだ！」

エルフは慌てて呪文を詠唱し、魔法陣を構築する。

三度目のバリア構築をして、周囲を見渡す。

「この威力の魔力攻撃、近くで誰かが代わりに使っているのなら、すぐにわかるはずだ！　私だけではなく、手下もいる……わからないということはないはずだ！」

一度目だけなら、ありえなくもないと評価していた。

だが二度目が来れば、評価どころか慄《おのの》くしかない。

そう、三発目への警戒である。そしてそれは、正しかった。

「お前は！　いったい、何をした⁉」

「さあなあ」

必死なエルフを、ガイカクは嘲った。その直後に、三発目の魔力攻撃が着弾する。

やはり、防ぎきられる。最後の一層目まで、威力が達していない。

これだけの威力の攻撃を、三度も命中させた。にもかかわらず、傷一つ負わせることができていない。

「やっぱりアンタは大したエルフだ。こっちが二発目三発目を撃つより先に、これだけのバリアを再構築できるんだからな。それさえなければ、二発目で勝っていたんだが……」

だがそれでも、ガイカクの余裕は崩れない。

彼を守る毛むくじゃらの兵士たちも、驚く一方で逃げる様子もない。

それはつまり、まだ撃てることの証明だった。

「ひ、ひぃいいいいい！」

「ち、畜生、こんなのどうしようもねえ！」

「ま、待てお前たち！　逃げるな！」

配下の山賊たちの中でまだ走れる者は、旗色が悪いと見るや遁走《とんそう》を始めた。そうでないものも、這《ほ》う這《ほ》うの体で逃げ始める。

なんともみじめでみっともないが、ある意味賢明と言えた。それに対してエルフは、プライドが邪魔をしているのか、それを選べない。

「ぐ、くそ……！　逃げるなと言っているのに！」

エルフは自らを守るバリアを、四度展開する。

それをしつつ山賊たちを引き留めようとするが、声にまるで覇気がない。

「さあて、四度目のバリア、四度目の攻撃だ。これが終わった後、余力が残っているのはどっちかな？　いや、もう現時点で限界か」

ガイカクの言う通りだった。

四度目のマジックバリアを構築した時点で、既に攻撃に回す魔力が残っていない。よって展開すること自体が自分の敗北を決定づけるようなものだが、それでもせざるを得なかったのだ。

「ファイア！」

ガイカクは、なんの意味もない言葉を発した。

その直後、エルフが残った力のほとんどを使い切って構築したバリアに、四度目の魔力攻撃がさく裂する。

四度目の土煙が収まったときには、一層だけになったバリアの中で、地面に倒れているエルフが一人いるだけだった。

「いやあ、アンタ凄《すご》いわ。四十人分を超える魔力っていうのも、伊達じゃねえや。実際こっちも今のが最後でね……四発は撃てても、五発は撃てないんだな～～」

「ぐ、ぐうう……！」

手下は逃げ散り、自分の魔力は枯渇《こかつ》寸前、残っているのはバリアが一層だけ。魔力を使い切ったエルフは、どこまでも無力だった。

対するガイカクは、今の『正体不明の攻撃』を使い切っても、毛むくじゃらの女兵士たちが健在だった。

戦力差は、明らかである。

「どんな手品だ！」

エルフは残った力で、大きく叫んでいた。

「最後にそれだけ教えろ！　これだけの威力を連発するなど……それだけの準備を、どうやって隠した！」

「ふうむ、あの馬車の中に隠してあるとか？」

「そんなわけがあるか！　そこの兵士たちを入れたら、それで満杯だろう！」

「そうだなあ……まあぶちゃけ、教える理由もないんだが……」

ガイカクは悪戯《いたずら》っぽく、頭上を指さした。

エルフはそれにならって、自分の上を向く。

這《は》いつくばったまま、木々の生い茂る森の中で見上げた。

「⁉」

そこには、何もなかった。

いや正しく言えば、木々の枝葉でできた「屋根」に、大きな穴が開いている。

もしもその穴が『攻撃の軌道』を示すのだとしたら……。

「まさか⁉」

「そう、そのまさか。じゃあ死ね」

毛むくじゃらの兵士たちは、腕に固定されている剣でバリアを叩《たた》き始めた。

最後の守りはあっさりと破られ、中にいたエルフもまた抵抗できずに殺された。

「……みじめなものですね」

実際に殺した毛むくじゃらの兵士たちは、殺したくせに憐《あわ》れんだ。

殺して然《しか》るべき相手だと思いつつ、その末路を憐れんだ。

「このエルフは、数万人に一人のトップエリートだと思います。それなのに、こんな簡単に死ぬんですね」

「そりゃそうだろう、希少さなんてものは『ありがたみ』以上の価値はない……！」

今この場において、さほどのこともしていないガイカク。

彼はまったく疲れた様子もなく、ただ品評をする。

「さっきも言ったが、四十人分の魔力を持っているのなら、それだけの魔力をぶつければ力尽きるさ。それに、『簡単』でもない。それはお前たちもわかっているだろう？」

そう、簡単ではない。

簡単に勝っているようにみえても、まったくそんなことはない。

「さ、野営地に戻るぞ。その死体は大金に変わるんだ、しっかり詰め込んでおけよ」

エルフが最後に悟ったように、実態はとんでもない大作戦だったのだ。

3

戦闘が行われた山道より、直線距離にして一キロほど先の地点。

木々のない岩肌の露出した崖に、いくつかのテントが張られていた。

数人が寝泊まりするためのテントなどではなく、兵士たちが十人も寝泊まりするような、そんな大型のテントばかりであった。

そのテントを運んできたであろう数台の馬車も留《とど》まっており、それこそ『野営地』というほかない場所であった。

「ああ、親分！　戻ってきたんですね！」

「おうよ、こっちは襲撃されなかったみたいだな」

「はい！　ここは無事です！」

そしてそこに、ガイカクの操る馬車が合流する。

それを迎えたのは、やはり毛むくじゃらの女兵士たちである。

この野営地にも十人ほど護衛として立っており、襲撃への備えをしていたのだ。

「あああ……超、喉渇いた……」

「水～～！　塩と砂糖混ぜた水、ちょうだい～～！」

「汗だらだらなの～～！　倒れそうだよ～～！」

ガイカクの護衛を務めていた毛むくじゃらたちも、馬車から降りてくる。

誰もがへろへろで、体格に見合わず弱々しかった。

「親分～～！　もう脱いでもいいですよね～～？」

「おう、いいぞ」

そんな彼女たちは、武器を捨てると『毛皮』を脱ぎ始める。

中に入っていた、つまり毛皮を着ていた彼女たちもまた、２メートルほどの大きな女性である。

顔こそ若々しいが、体つきは普通の人間よりも大きく、筋肉もついている。

そのうえで頭には短めの角が生えているのだから、人ではないと一目でわかる。

だが目を惹《ひ》かれるのは、その彼女たちが脱いだ服のほうだろう。

その毛皮の内側には、分厚い筋肉と骨格が見える。確かに脈動しており、それこそ生きているかのようだった。

「毎度思うんですけど、コレ暑いですよ〜……親分、なんとかなりませんか？」

「現在鋭意改良中だ！」

目を輝かせつつ、ガイカクは応えていた。

その輝きぶりが、逆に痛々しかった。

「もういいや、水飲もう……」

「そうだね……」

彼女たちは分厚い『生き物《よろい》』につつまれて戦闘をしたため、ものすごく汗をかいていたのである。

速やかな水分補給、および塩分補給が必要だった。

「お、旦那様だ〜〜！」

「旦那様〜〜！」

そんな彼女たちが野営地に入っていくところで、入れ替わる形で野営地から子供のような集団が出てくる。

各々《おのおの》の肌の色は人のそれから外れており、やはりよく見れば人間ではない。

その面々は、やはり二十人ほど。彼女たちもまた、ガイカクの下僕であった。

「おお、お前たち。野営地の運営、ご苦労さん。今回もよくやってくれたぜ〜〜」

「えへへ！　頑張りました！」

「お料理はもうできてます！」

「エルフの子たちも、ちゃんと看病したよ！」

まるで子供のように、あるいは犬猫のようになついてくる。

それに対してガイカクもまた、飼い主のように、求められるように相手をしていた。

「大変だったろう、お前たちがいてくれなかったら、こんな作戦はできなかったぜ」

「私たちも大変だったけどさ～、エルフの子たちが大変だったんだよ？」

「いまみんな寝ているからさあ、見てあげてよね」

「みんな不安そうだったんだよ～全員倒れちゃったからさ～～」

「ああ、わかってる。もうテントにいるんだろう？」

ガイカクは彼女たちをねぎらい終えると、そのまま野営地へと入っていく。

いくつかある大型のテントの内一つに入ると、折り畳み式の簡易なベッドが多く並んでいた。

そこには既に、二十人ものエルフの娘が寝ている。誰もが快眠というわけではなく、それこそ疲れ切って寝ころんでいる状態だ。

「みんな、お疲れ。よく頑張ってくれたな」

「あ、先生……」

若いエルフの少女たちは、ベッドから起き上がる余裕もないまま、ガイカクの方を見ていた。

それこそ、首を動かすのがやっとという具合である。皮肉にも先ほどのエリートエルフと同じ、魔力が枯渇した状態だった。

「お前たちが頑張ってくれたおかげで、何とか倒せたよ。あのエルフ、騎士団に属していただけに化け物だったぞ。なにせお前たち全員の攻撃を全部受けきったからな」

「はあ⁉」

「わ、私たち二十人、全員の魔力をですか⁉」

「そ、そんな……せめて最後の一撃で倒せていると思ったのに……」

「いやいや、エリート様を舐《な》めちゃいけないぜ。結局最後は『オーガ』たちに倒してもらった」

力を振り絞ったにもかかわらず、倒しきれなかった。

自分たち二十人よりも、相手一人の方が上だった。

その事実に、疲労している彼女たちは打ちのめされている。

「まあへこむなへこむな、結局お前たちだけで削りきれたしな。今回の貢献者は間違いなくお前たちだよ。もう回復用の薬は飲んだよな？　ここを離れるのは明後日《あさって》だから、しっかり寝て休めよ」

残酷な真実ではあるが、完勝という戦果に比べれば大したことではない。

あくまでも機嫌よさそうに、ガイカクはテントの外へ出た。

そして、野営地の中心にある巨大な砲塔へと向かう。

木製の砲塔は煙突のように長く、そして台座に固定されている。

その台座自体が板の上に置かれており、さらにその板には太い線の魔法陣が精密に描かれていた。

「ふうむ……理論上は成功するものが、実証されたわけだが……知られていたら、通じるものでもない。やっぱり兵士相手に使うもんじゃねえな」

その魔法陣によって発揮される現象がどんなものかと言えば、以下の通りである。

1、魔法陣の上に載っている『五人のエルフ』から魔力を吸い上げる。

2、吸い上げた魔力を砲塔に供給する。

3、砲塔から誘導性の魔力攻撃を発射する。

という、文章にすれば陳腐ながら、攻城兵器の発射がごとき大仕掛《おおじか》けだった。よって、先ほどの戦闘、および先日の見世物で何が起きていたのかというと……。

1、現場にいるボリックやガイカクが、誘導の目印となる赤い点を照射する。
2、とんでもなく遠くに設置された砲台から、魔力攻撃が発射される。
3、目標に着弾する。
——である。手品は手品でも、それこそ大手品であった。種も仕掛けもあるが、力技が過ぎた。だがシンプルゆえに、納得はできるだろう。

先ほど倒した騎士団に属していたエルフも、『上の方に穴が開いている?』『遠くから撃たれたのか?』『遠くに何十人も魔術師が待機していたのか?』と、論理的に正解へ至っていた。

まあつまり、見世物を見て疑問を抱いていた魔術師たちも、先ほどのエルフも、何か見当違いなことを考えていたわけではない。

なぜ誰もがこれに気付けないかというと、魔力の攻撃が速すぎて接近することに気付けなかったことと、魔力攻撃は上から落ちてくるため近くから目標物だけを凝視していると、前置きなく吹き飛んだようにしか見えないということだ。

もしも遠くから、しかも上の方からくると信じて見ていれば、その仕組みに気付く者が出ないとも限らない。

だが知らなければ、防ぐことも妨害することもできないだろう。なにせ相手からすれば、一キロ先からの砲撃なのだから。

「……人間で言えば四十人分、最底辺のエルフ二十人分の魔力攻撃。それさえ防ぎきる魔力量を持った、エルフのエリートか。大したもんだったぜ」

この砲台を作った男、違法魔導士《まどうし》ガイカク・ヒクメ。

彼は自分の成果に酔いしれていた。

「その大したエリート様が、最低数値の雑魚《ざこ》の『人数』に負けた……くく！　これも教えてやるべきだったかねえ！」

たった一人のエリートエルフを討伐するために、裏方を含めると六十一人が力を合わせたのだ。

如何《いか》に鍛錬を積んだ天才といえども、勝てるはずのない『数字』だった。

4

騎士団を脱走し、山賊に落ちたエリートエルフ。

その彼は、ガイカク・ヒクメの手勢によって討ち取られた。その後すぐに、死体は防腐処理がなされ、ボリック伯爵へと献上される。

ボリック伯爵は当然ながら、それを王都へと送った。脱走した騎士の死体である、可能な限り隠密《おんみつ》での運送となった。

そうして王都の、騎士団総本部へとたどり着いた。ある意味では、無言の帰宅と言えなくもない。

今後彼は、任務中に死んだものとして扱われる。これは彼の名誉のためではなく、騎士
団の名誉のためである。

幸いと言うべきか、魔力切れを起こしたところを叩《たた》かれたため、彼は四肢の欠損もなか
った。もちろん、顔も判別できる状態である。

全然違うエルフの死体ではないか、という疑念を抱かれることはなかった。

だがそれはそれで、問題が生じる。

常人の四十倍を超える魔力を持った、最上位のエリートエルフ。その彼が、五体揃った
まま殺された。

いったいどうやって、殺したというのか。

「間違いありませんね、アヴィオールです。死亡しているため肌に変化がありますが、こ
の程度なら見間違いはありません」

「信じられません……アヴィオール卿《きょう》が、騎士団以外に討ち取られるなど……。いえ、こ
の死体がアヴィオール卿ではない、と疑っているわけではないのですが」

「寝込みを襲った、不意打ちで殺した、食事に毒を混ぜた……というのならわかります。しかしこの死体は明らかに……戦闘によって魔力が枯渇《こかつ》したところを叩かれた、としか思えません」

「彼ほどの使い手が、魔力の枯渇に追い込まれるなど……どれだけの戦闘があったのだ」

騎士団総本部に在籍する、正騎士《せいきし》たち。この人間の国を守る、人間のエリートたち。

彼らもまた強大な騎士ではあるが、それでも脱走したエリートエルフ……アヴィオールを討ち取るだけの自信はない。

味方だからこそ、その強さを知っている。彼が騎士団以外の者に、負けるところは想像もできなかった。

「ここで議論を重ねても、意味はないでしょう」

動揺している正騎士たちへ、鎮《しず》まるように指示を出した者がいた。

他の者が成人男性である中で、一人だけの女性。

まったく動揺を感じさせない姿は、威厳を通り越して無感情さえ匂わせる。

「脱走騎士、アヴィオールは討ち取られました。賞金を懸けていた以上、支払うのが道理です。至急、報酬の手配を」

「はっ」

「アヴィオールを討ち取ったのは、ボリック伯爵ということでしたね」

「はっ！　ボリック伯爵自らが兵を率い、討ち取ったとのことです！」

「ボリック伯爵と言えば、最近になって頭角を現した魔術師です。彼は無詠唱、かつ魔法陣を描かずに、大魔術を使用できるとのうわさがありました。信頼性が低いと思っていましたが、こうなれば確認の価値があるかもしれません」

女神と見まごう彼女こそ、この国における騎士の頂点。

最上位のエリートヒューマン、騎士総長《きしそうちょう》ティストリア。

アヴィオールが言っていた、彼をも超える猛者《もさ》の一人。

最高の美と強さを兼ね備えているという、究極の個体であった。

その彼女が興味を覚えた以上、アヴィオールの討伐を実行した者が誰なのか、判明する日は遠くあるまい。

# 第二章　伯爵の私兵

## 1

ガイカクがエリートエルフを討伐してから半月後、ガイカクはボリックに呼び出されて城へ入った。

城の中にある非常用通路を通って、ガイカクはボリック伯爵の私室へ入った。当然ながら、そこにはボリックが待っていた。

「ずいぶん早く来たな、ガイカクよ。一刻も早く報酬が欲しい、というところか？」

「ひひひ！　伯爵様からお声をいただければ、いつでも参りますよ！」

「調子のいいことを言いよる……まあいい。先日の脱走騎士討伐は……いや、山賊退治は見事だったな。死体が綺麗《きれい》だったこともあって、先方はお喜びだったぞ」

エルフの死体は、誰なのかわかるよう『綺麗に』殺されていた。それは良《い》いことなのだが、ここでボリックは少しばかり複雑な表情を見せた。

「これはお前の実力、ということか？」

「いえいえ、あくまでも幸運によるものでございます。こちらの攻撃はすべて防がれてしまい、万策尽き果てたかというところで、相手も魔力が尽きたのです。さすがは騎士団に属していた者、恐るべき力量でした」

ここで重要なのは『俺天才です、楽勝でした』と言わないことだろう。

もしもそんなことを言えば、この伯爵から不興を買い、この場で打ち首になりかねない。

さりとて『とんでもない強敵でした』と言えば、それはそれで伯爵は不機嫌になる。

またそれを抜きにしても、今回の相手は山賊に堕した脱走騎士である。普通に考えて、褒めていいわけがない。

そのあたりを加味したうえで、報告を上げる必要があった。

「とはいえ、その末路は惨《みじ》めなものでございました。手下にしていた山賊からは見捨てられ、助けを求めるも振り返られることもなく……しょせん一人の犯罪者、才気の割には下らぬ最期《さいご》でございました」

ガイカクは、きっちりと上げて落としていた。

「そうだろうとも！　正道から脱落したものなど、どれだけ力があろうと無様に死ぬだけだ」

ボリック伯爵はぜい肉を揺らしながら、いやらしく笑った。

「力など、大して重要ではない。なあ、ガイカクよ」

「おっしゃる通りでございます、伯爵様。貴方《あなた》様は自らの『手』で、正義を成したのですから……力の有無など些細《ささい》なことです」

「言うではないか、お前のような怪しいものが私の手の者など……おこがましい」

言葉でこそガイカクをバカにしているが、本気で怒っているわけではない。

もしも怒っているのなら、こんな軽口は叩かないだろう。

俺の部下になりたいの？　仕方ないな～、まあ夢ぐらいは見させてやるよ～的なアレである。

「これはこれは、申し訳ありませぬ。それで伯爵様、報酬ですが……」

「うむ、うけとっておけ」

それはもうどっさりと、金貨の袋をいくつも積んでやっていた。

それを見たガイカクは、相変わらず顔も見えないようにしているのに、わざとらしいほど感動していた。

「おおお、伯爵様、こんなによろしいのですか？」

「無論だ……まあよく働いてくれているからな。それにしてもお前は、金が大好きだなあ……恥というものはないのか？」

「ええ、私は俗物ですので……金を前にすればよだれを隠せませぬ」

わかりやすい下衆《げす》ぶりに、伯爵は見下して笑う。

見た目通りの卑《いや》しさに、滑稽ささえ感じるのだ。

そんな彼をからかってやろうと思い、伯爵は真顔を演じた。

「そんなに金が好きならば……それこそ『薬』の密売などもしていそうだな」

それこそ、さも真面目な領主である、という顔であった。

「近頃、下々の市場に怪しげな薬が出回っているという……もしやお前が売っているわけではあるまいな？」

話題の内容は、とてもまともである。仮にガイカクがその犯人なら、この場で殺されても文句は言えない。

そして領主なら、それこそ『こいつがやった』と言い張ることもできる。

この時のガイカクは、非常に危うかった。

「ひ、ひひひひ！　ご、ご冗談を、伯爵様……私めは、伯爵様から頂いた仕事で手一杯でございます。これ以上手を広げるなど、できるわけもなく……」

ガイカクはこれに対して、『そんなに有能ではない』という言い訳で、回避を試みた。

　それを聞いて、ボリック伯爵は意地悪く笑う。

「確かにな……井戸の水を瓶に注いで薬と言い張り売る程度でも、それなりの手間がかかる。私の回す仕事に加えて、そんな悪事をお前がこなせるわけがないか」

　自分は無能だから無理です、という返事を彼は好む。元より本気で疑っていたわけでもないので、あっさりと流していた。

「さようでございます、伯爵様。私は貴方の忠実なる下僕、どうぞ今後もごひいきに……」

「うむ……まあ用事があれば呼んでやろう」

　ガイカクはこれ以上余計に疑われてはたまらぬ、というふうに慌てていた。報酬の金貨を懐《ふところ》に詰めて、よろめきつつも去っていく。

　その姿を見送った伯爵は、大いに笑い始めた。

「は、ははは！　金が好きな割に、勘定のできん男だ！　あの死体の引き渡しで、私には今の十倍ものカネが入ったのになあ！　十分の一の報酬で満足するとは、さすが学のない俗世の阿呆《あほう》よ！」

　実際、今回の仕事は重要だった。

　騎士が脱走し山賊になったことが明るみに出れば、それこそ騎士団の威信に傷がつく。

それを明るみに出る前に対処し、なおかつ証拠の死体も納めた。だからこそ伯爵への報奨金は、とても多かったのである。

しかし苦労して討伐したガイカク本人は、小銭で満足して帰っていったのだ。笑わずにいられない。

「とはいえ、これが世の習い……真に尊いのは、血筋であり職務。奴《やつ》がいったいどんな手口で悪を討ったのか知らんが……そのうまみは貴人のものよ」

今後も体よく利用してやろう。

伯爵はぜい肉を揺らして大いに笑っていた。

## 2

ガイカクは来た時と同様に、非常用通路を通って城の裏に出た。そこにはエルフの娘が一人、彼を待っている。

彼女はソシエ、ガイカクの部下の一人である。

他のエルフと同様に銀色の髪に緑の目をしている、うら若い乙女である。普通の人間を基準にすれば、女性とすれば背が高い。また手足は細く、見るからに非力。

そんな彼女は、ガイカクが戻ってきたことに安堵《あんど》していた。

「待っていました、先生。商談の方は、うまくまとまりましたか?」

「おうよ、ばっちりだ」

顔を隠していたフードをとって、意気揚々と歩きだす。

その姿に対して、ソシエはなんとも複雑そうだった。

「あの、先生……他の取引相手を探しませんか? あんな見栄《みえ》っ張《ば》りのデブに雇われているなんて、私はイヤですよ」

なんとも正直、もといバカな発言である。

もしも誰かが聞いていれば、同意……あるいは不敬だと怒るだろう。

特に本人に聞かれれば、殺される可能性もあった。

「おいおい、デブとか言うもんじゃねえぞ? かわいそうじゃねえか」

「前の見世物もそうですけど……元騎士の討伐も頑張ったのは私たちなのに、その手柄が全部あのデブになるなんて嫌ですよ。今回頂いた報酬だって、ずいぶん中抜きされているんじゃないですか?」

「お前はわかってねえなあ……」

ガイカクは肩をすぼめて、露骨に呆《あき》れていた。

「じゃあお前、俺たちがあのエルフの死体を騎士団に持って行って、それで報酬をもらえ

ると思うか？」

「……殺されると思います」

「なんだよ、わかってるじゃねえか。公布されてる賞金首ならいざ知らず、あんなヤバいネタ、俺たちが関われる案件じゃねえよ。高貴な生まれであらせられる、ボリック伯爵サマだからこそ仕事を受けられるんだよ」

隠したい相手のことなのに、どこの馬の骨とも知れぬ輩《やから》が死体を持ってきたら、それだけで不安になるだろう。

国家側が一応殺しておくか、という気分になっても不思議ではない。

「でも……報酬のほとんどを持っていかれているんですよね？」

「いいのいいの。赤字になるんならともかく、十分以上に黒字だしな。それに、金づる様にはもっと太ってもらわないとこまる。パトロンを破産させたら、こっちも共倒れだろうが」

今回の報酬は、何もしていない伯爵が9で、頑張りまくったガイカクたちが1という酷《ひど》い割合である。

だがそれは『今回の仕事』の話であって、今までの仕事を考えれば大幅にガイカクたちは潤っている。

それに今までガイカクたちに払われた報酬も、元をただせば領地の金である。使い過ぎて破産されたら、ガイカクたちも路頭に迷うことになる。

「いえ、でもそれは……こう、貴族の私兵、みたいな立場だからでしょう？　もっとちゃんとした仕事に就けばいいじゃないですか。大学とか、研究所とか……」

途中までは、それこそ『もっとちゃんとした仕事に就けばいいじゃないですか』と言うまでのソシエは、とても理性的な口調だった。定職についてください、という説得なので当たり前である。

だが『大学とか、研究所とか……』というところに入ると、一気に表情や口調が陶酔した。

「そうですよ、大学とか研究所に就職しましょうよ！　先生ならきっと、どこに行っても好待遇ですよ！」

彼女はただ叫ぶだけではなく、全身で興奮を表現し始めた。

「おいおい……」

これには、ガイカクもたじろぐ。見ている己が恥ずかしくなってしまい、思わず周囲を確認してしまった。もしも誰かに見られていたら、いい笑いものである。

「先生が知識を披露するたびに『凄《すご》い、そうだったんだ！』ってなって、先生が発明品を披露したら『おお、こんなことができるなんて』ってなるんです！」

なんともふわふわした目標であり、こういっているだけで彼女の底が浅いことがわかる。

「そしてみんなが先生のお弟子に、助手に、生徒になりたいって言ってくるんです！」

「うん……？　ま、まあそうなるだろうが……」

「そこで先生は一言！　俺にはもう立派な助手がいるから結構だ……って！　きゃあああああ！　素敵！」

奇声を上げるソシエ。それはもう、奇行であった。

それに対して、ガイカクは冷淡になっていた。

「おいおい……盛り上がっているところ悪いが、俺はそういうところに勤める気はないぞ」

「ええ～？　なんでですか？」

「いろいろ理由はあるが、俺のやっていることが完全に違法行為だからだ」

「え、そうなんですか？」

疑問を浮かべているソシエへ、にやりと笑うガイカク。

「今回は二つの魔導兵器《まどうへいき》……培養骨肉強化鎧《フレッシュ・ゴーレム》と複合魔力式砲塔《デモン・タワー》を使っただろう」

培養骨肉強化鎧《フレッシュ・ゴーレム》とは、オーガたちが着こんでいた生きた鎧《よろい》。文字通り筋肉と骨格があり、防御力以上に『怪力』を使用者に与える。

複合魔力式砲塔《デモン・タワー》は、エリートエルフへ魔力攻撃を行った大砲。複数のエルフから魔力を吸い上げて、それを一発の砲弾として放つことができる。

「どっちも違法兵器だ」

「……なんで違法なんですか？」

前者を使用しているオーガたちは暑いというだけで肉体に負荷がかかることはなく、後者を使用しているエルフたちも疲れるだけで後遺症などが残ることはない。

それを知るからこそ、ソシエは法律で禁止されている理由がわからなかった。

「俺が作った培養骨肉強化鎧《フレッシュ・ゴーレム》は、培養した筋肉や骨を使っている。だが効率だけ考えれば、生きている人間やオーガの体からはぎとって継ぎ合わせる方がいい。そういう手法が確立されているからな」

「ひ、ひいい！」

怖い話を聞かされて、エルフの乙女は震えあがった。

「それに複合魔力式砲塔《デモン・タワー》も、やろうと思えば人間やエルフを縛り付けて『弾』にして、そのまま放置して使い捨てることもできる」

ガイカクは魔力を使い切ったエルフたちへ回復用の薬を与えているが、それはかなりの

あった。

よって捕虜や敵国民などを『生贄《いけにえ》』として使い捨てる、というやり方の方が経済的では高級品である。

「そういうことができるという理由で、俺が使っている技術は違法として封印された。その判断へ是非を問うつもりはないが……おおっぴらに研究はできない。だから俺は、お前が言うようなところに行かないんだよ」

ガイカクの恐ろしい説明を聞いて、ソシエは頷《うなず》くことしかできなかった。

「まあ無駄話はここまでにするか。そろそろあそこへ行こうぜ」

「……あの、正直あんまり行きたくないんですよね」

「ははは！　あそこが好きな奴なんてそうそういねぇよ」

この世には、倫理にもとるという理由で、法律上禁止されていることがある。

だがしかし、合法とされていることの中にも、倫理に反することはある。

奴隷やそれを売る場所など、その最たる例であろう。

3

伯爵領地に公然と存在する、奴隷市場。

ここは複数の奴隷商人が連合を組んで領主から借りている土地であり、そこには多くの人身売買が行われている。

人間はもちろんのこと、オーガやゴブリン、ハーピーに人魚。様々な種族がここで展示されており、希望者たちへ売られるのだ。

中小の奴隷商人は小さめのテントをいくつも並べている程度だが、『大企業』ともなればオペラ劇場のようなオークション会場を持っていたりもする。

なんとも悪質な、公共市場と言えるだろう。

「はあ……活気がありますねえ」

「まあ嫌な活気ではあるな。長居が嫌なら、さっさと要件を終わらせるぞ」

「はい……」

そして、エルフのソシエもまた、ここでガイカクに購入された身である。当然ながら、いい思い出がない。

ならば彼女をここに連れてくるべきではないと思うが、そもそもガイカクの部下は全員ここから買われた身である。

彼女らの体に鎖などの拘束具はないし、着ている服もまともなものであるし、焼き印なども押されておらず、体も健康そのもの。

そのため自由民と勘違いされることもあるが、それでも身分上は奴隷なのだ。

「で、いつものところですか？」

「ああ、行きつけだ。笑えるだろう、行きつけの奴隷商人なんてな」

非合法の魔導士《まどうし》が領主から得た報酬で、公共市場で奴隷を合法的に購入する。なんとも、なんとも嫌な話であった。

そして、ガイカクの行く店は一つだけである。本人も言うように、一種の行きつけであった。相手側からすれば、お得意様である。

テントの中に、大勢の押し込められた大きな檻《おり》が一つ。なんとも雑な管理をしている、奴隷商人の中でも底辺層の店であった。

「よう店主、景気はどうだい」

「ははは！　これはこれは、貴方様《あなた》ですか……お待ちしておりましたよ、もう！　貴方だけですよ、うちで何度も買ってくださるのは！」

「それを客全員に言っているんだろう？」

「またまた……閑古鳥が鳴いています。見てくださいよ、貴方しかお客がいない！」

そして、その店主もまた貧相な男だった。

とてもやせており、服もぼろぼろ。はっきり言って、彼自身が奴隷と言われても納得するほどであった。

「そうかそうか……正直アンタのところがつぶれたら困るなあ。他の店を探す手間がかかる」

「そうなら買っていってください……正直このままだと、奴隷どころか私の食事代も出せない！」

奴隷商人がやっていると考えなければ、軽妙な商売トークであった。

両者に一切後ろ暗いことがないことの、裏返しと言えるだろう。

「そうだなぁ、店主。アンタよりも、ウチのソシエの方が、よっぽどいい暮らしをしているように見える」

「ソシエ……あ、ああ、ウチから買われた奴隷のエルフですか……。ずいぶん可愛《かわい》がっているようですね」

「ええ、良《い》いご主人様に会えました」

にこやかに笑うソシエは、たしかに健康的だった。口では嘘《うそ》を言えても、体は嘘を言えない。彼女は確かに、ガイカクを良い主《あるじ》だと思っているようである。

「ははは！　確かに、これではどっちが奴隷かわからない！」

店主は自嘲気味に、しかしなんとか笑い飛ばしていた。これは愛想笑《あいそわら》いではなく、もう笑うしかないという諦めを含んだ笑いであった。

「で、今日のおすすめは？」

「ダークエルフですね、お好みのようにお安いですよ」

一つしかない檻の中にいる、なんとも哀れな奴隷たち。その一角を、店主は示していた。

黒い肌をしているエルフ、名称はそのままダークエルフであった。

十人いるが、その中には男が一人もいない。全員が少女であった。

「一応説明しておきますがね……ダークエルフはエルフと違って、魔力が多いなんてことはないいんです。奴《やつ》らの得意分野は目や耳の良さだとか……狩猟が得意な種族だそうですね」

「おいおい。自分の店で取り扱っている商品に対して、情報が乏しいなあ」

「なにぶん、檻の中にいるところしか見たことがないんで」

檻の中にいるダークエルフの少女たちは、とても貧相であった。

確かにただの哀れな奴隷にしか見えず、狩猟が得意な種族とは思えないだろう。

「ま、いいぜ、全員買おう」

そんな彼女らを、ガイカクは買い取ることにした。

「へい、毎度アリ！」

言い値での購入であり、あまり上手な買い物とは言えなかった。

だがしかし、十人のダークエルフの代金は、それでも大いに安かった。

おそらく他の店に行って買い物をしようとすれば、一人だって買えないだろう。

「あとですねえ……これはおすすめじゃないんですが……。獣人《じゅうじん》の子供が十人ほど……」

「おすすめじゃない？」

「へい……どうにも全員反抗的でして」

獣人といえば、手足が深い毛におおわれている、頭に獣の耳を持つ種族である。

彼らは魔力に乏しいものの、瞬発力に秀《ひい》でた肉体を持っている。

とはいえ持久力はそこまででもないので、単純な労働力としてはオーガの方が上である。

それでも仕事次第では役に立ちそうだが、それも従順ならの話だ。

「部族同士の抗争で負けた側の生き残りらしくて、勝った側が人間に売ったらしいんですが……指示を聞きやしねえんで、ここまで流れて来たってわけで」

「それを客に売るのか？」

「だから、おすすめじゃないんですって。お安くしますし、助けると思って買ってくれませんかねえ」

改めて檻の中を見れば、なかなか骨のありそうな、毛深い子供がこちらをにらんでいる。

その姿を見て、ガイカクはしばらく考えた。

「まあ、アリかもな」

「本当ですかい、お客様⁉」

「ちょうどやる気のあるやつが欲しかったんだ。適正価格で買ってやろう」

「ありがてぇ……」

「どうせ安くする気もなかったくせに」

「こっちは貧乏なんで……てへ」

あらためて、ガイカクはダークエルフと獣人を見る。

飾りのない、自信満々の笑みだった。

「俺はガイカク・ヒクメ、魔導士だ。これからお前たちの主になる……よろしくな」

選択の自由を持たない奴隷にとっての希望は、良き主に恵まれることだけだ。

果たして良き主なのかどうなのかはわからないが、少なくとも普通ではないと感じるには十分だった。

4

魔導士であるガイカク・ヒクメの居住地は、街中にはない。獣人もダークエルフも、ガイカクとソシエの案内に従って、人里離れたところへ歩いていく。

そのさなかで『怪しいところに連れていかれるのではないか』という懸念《けねん》が深まっていく。そして実際、その通りでもあった。

「この森を通り過ぎたところに、俺の拠点がある。ちなみにだが、いわゆる隠れ里で、税金は払っていない違法居住区だぜ」

人里から離れたところにある森の、そのまた奥に住処《すみか》があるという。やましいことがあるとしか思えない立地の説明を聞いて、新人たちは大いに緊張した。

しかしながら、自分たちのような才能のない者を引き取るのだから、仕方がないと観念する。

「先生、そんなことをわざわざ言わなくてもいいじゃないですか……」

また、隣にいるエルフのソシエが、逃げようとしていなかったことも大きいのかもしれない。

一行は特にもめることもなく、人が近寄らない深い森に入っていった。

道中で魔物やらが出そうな雰囲気だったが、実際にはそんなことはなく、ごく普通に通り抜けることができた。

そしてその先にあったのは、日の当たる、長閑《のどか》な雰囲気の農村である。その農村そのものが、彼の家であり研究施設であった。

「よし、着いたぞ。今日からここが、お前たちの職場だ」

ガイカクは心底から自信満々で、自分の拠点を新人たちに自慢した。

「……普通だな」

「……普通ですね」

獣人もダークエルフも、感想は『普通』だった。

人間の集落、という意味では普通であった。多くの薬草畑があり、穀物が育てられていて、資材用の材木が枝打ちされており、さらに多くの小屋が建っていた。

だがそんな感想は、次の瞬間に変わる。

「おいお前ら！　全員集まれ！　新人を雇ってきたぞ！」

ガイカクが集合をかけると、集落に散っていた『部下』たちが集まってくる。

「おかえりなさい、先生。ソシエもお疲れ様……それで、どんな子が来たんです？」

ガイカクに同行していたソシエを含めて、二十人の女エルフ。

「親分～、どんなのを連れてきたんで？」

二十人の女オーガ。

「旦那様～～！　お土産あります～～？」

そして、二十人の女ゴブリン。

ここは人間の国のただなかであるはずだが、ガイカク・ヒクメ以外の全員が人間ではなく、女子ばかりであった。

そして驚くべきことに、全員がまともな服を着ていて、かつ健康そうな体をしている。

食事が少ないとか、睡眠時間が短いとか、そういう要素が一切ないとすぐわかった。

「え、私たち……こんないいところで働けるの？」

「き、期待していいのかな？」

ただそれだけで、ダークエルフたちは少し嬉《うれ》しそうにしている。なにせ彼女らは、故郷も含めて、一度もそんな待遇を得られなかったのだ。

どれだけ過酷な職場なのか、と構えていた彼女らにとっては望外の喜びである。

「……その、なんだ……ガイカク、殿？　なぜここには人間がいなくて、しかもその……多くの種族を入れているんだ？」

その一方で、獣人の一人が状況に疑問を持ったようだった。

「ここが農場なら、私たち獣人やオーガ、ゴブリンはともかく……エルフもダークエルフもいらないはずだ」

「ほう、少しは常識を知っているのがいたな」

割と酷《ひど》いことをいうガイカクだが、これでも感心しているのである。

農場には力持ちな種族がいればいいのであって、エルフやダークエルフが必要になることはほぼない。だからこそ、ここにいるのは不自然である。

「さっきも名乗ったが、俺は魔導士《まどうし》。その仕事は、領主直属の秘密部隊……私兵だ」

秘密部隊、私兵。非公式の、武力組織。

その言葉に、獣人たちは興奮し、ダークエルフたちは戦慄した。

「普段のオーガは力仕事、エルフは薬液の調合をやっているが……実戦の際には、オーガは重歩兵、エルフは砲兵として戦っている。まあさすがにゴブリンは、普段も戦時も雑用だけどな」

ここで新人たちは、改めて古参を見る。

それこそガイカクがいったように、オーガは農婦、エルフは薬師《くすし》にしか見えない。だがその実は、武力をもって悪を討つ強者なのだ。

緊張し、畏怖の目を向けてしまう。

「へへへ……」

「ふふっ」

「?」

オーガもエルフも、その視線にまんざらでもなさそうだった。

ゴブリンだけは何がなんだか、という顔をしている。

「そ、それでは……この人たちは、エリートなんですか？」

「いや底辺だ、才能のかけらもない雑魚《ざこ》だ。お前たちと同じ店で売られていた、売れ残りの奴隷だ」

ダークエルフたちの質問に、ガイカクはさくっと答える。

「親分、もうちょっとこう、調子に乗らせてください……」

「先生、残酷すぎます……」

少しぐらい優越感に浸らせてほしかった面々は、少しばかり涙を滲《にじ》ませていた。

「どうせバレるんだ、最初に言っておいた方がいいだろう？　見栄《みえ》を張ると、ろくなことにならない」

ガイカクは新しい部下に対して、真実を包み隠さず明かそうとする。

なんとも残酷な、誠実さであった。

「お前たちも知っているだろうが……オーガは並でも常人の五倍、底辺でさえ二倍の筋力を持っている。エリートにいたっては、四十倍を超える」

「はい……数いる種族の中でも、オーガは最強だって聞いてます」

「そうだな……私たちの一族でも、オーガとは真正面から戦うな、と教わっていた」

ダークエルフも獣人も、オーガの恐ろしさは知っている。接近戦に限定すれば、オーガが一番強いのは常識だ。

「で、こいつらは常人の二倍、つまり最低値だ」

「あ、そ、そうなんですね……私たちもダークエルフの落ちこぼれなので……」

「わ、私たちも獣人の中では最低だから……」

「気を使わないで～～！」

ここにいる彼女らは、オーガの中では一番弱い。自分たちよりは強いのだろうが、それでも同情してしまう。そして同情されると、オーガの女たちは余計悲しくなってしまった。

「で、ここにいるエルフも全員同じだ。魔力が常人の二倍しかない、最底辺の落ちこぼれだよ」

「いやまあ、そうなんですけどもね……」

ソシエを含めて、エルフたち全員が涙を流していた。

常人の二倍、というととても凄《すご》いように思えるだろう。だがこれが種族の最低数値、というのなら世間の目は厳しい。

その厳しい中で生きてきた面々は、とても切なそうにしている。

「……あ、あの、それで！　そんな方たちでも頑張れば、領主様の私兵として働けるんですよね！　凄いと思いますよ！」

「うん、凄いです！　私たちも落ちこぼれなので、とても尊敬します」

ダークエルフたちは、慌てて雰囲気を変えようとした。

「何を言っているんだ、底辺が頑張ったぐらいで兵士が勤まるか」

しかし、ガイカクはそれを妨げた。貶《おとし》めたいというよりも、その誤解を継続させるわけにはいかないからだろう。

「頑張っていることは事実だ、こいつらはよくやっている。だがそれだけで、領主サマからの仕事をこなすことはできない。それこそ捨て駒にされるのが関の山だろう？」

捨て駒、という言葉に対して、獣人《じゅうじん》は敏感に反応する。

「役立たずを捨て駒にすることは、よくあると聞いていた……でもここでは、そうなっていないのか？」

「見ればわかるだろう。心身ともに、健康そのものだ」

（心は今不健康だけども……）

オーガもエルフも、落ち込んでいる。肉体は健康だが、精神は傷ついていた。ダークエルフは、その傷を見て呆《あき》れている。

「ついてこい、面白いものを見せてやる」

ガイカクは落ち込んでいる面々を置いて、新参者たちを案内し始めた。なお、ゴブリンたちはガイカクについてきている。

長閑な農村と見間違うほどの、ガイカクの拠点。そこにはまともな農作物はほぼなく、危険な薬の原料となる植物ばかりである。

とはいえ、素人《しろうと》の獣人やダークエルフたちに、それはわからない。ただ普通の農作物だと思って、意識することもない。

だがそんな彼女たちでさえ、目をむいて驚く物が待っていた。

拠点にある、ひと際大きな倉庫。普通に考えれば農作業用の道具などが保管されていると考えるべきそこには、異形の物が詰め込まれていた。

「なんですか、これは……」

「動物の、肉？　いや、でも……まさか、オーガの？　いや、でも、骨の形がおかしいし……まるで、生きているようだ」

オーガがまるまる収まるほどの巨大で透明な容器。その中には半透明な薬液と、脈動する筋肉の鎧《よろい》が収まっていた。

オーガやエルフ、ゴブリンはすっかり見慣れた違法魔導の産物だが、初めて見る者たちにとってはまさに仰天であろう。

「これは培養骨肉強化鎧《フレッシュ・ゴーレム》という、俺の作った魔導兵器《まどうへいき》だ。他にもいろいろと作っているが、これが一番わかりやすいからな。だから最初に見せてやったわけだ」

ガイカクは、誇らしげに、楽しそうに、並んでいるそれを見せびらかす。

そう、一つでも異形な生物は、オーガの頭数と同じく二十も並んでいたのだ。

「さっきのオーガはこれを着て訓練を積み、実際に戦っている。そして多くの手柄を上げているわけだ」

絵に描いたような、絵から出てきたような外法《げほう》の鎧。

ダークエルフは当然のように怯《おび》えるが、獣人たちは違った。

「手柄、ですか」

「おう、手柄だ、武勲だ」

ここで獣人たちが目の色を変えたことを、ガイカクは見逃さなかった。

「捨て駒、決死隊として突っ込むんじゃない。敵を殺したうえで、何度も帰ってきている。だからこそあいつらには……自尊心があるのさ」

底辺であるという事実を突きつけられて、オーガたちは落ち込んでいた。

だがそれは、彼女たちが自分なりに自信を持っているからこそ。なんの自信もなければ、諦めて受け入れるだけ。

そして自信を生むのは、実績だけである。

「自尊心……戦士の誇り！」

我こそは戦士である、と誇れるだけの実績。

獣人という種族が、あるいは落ちこぼれである彼女たちが、喉から手が出るほど欲しいものだった。

「自尊心のためなら、人だって殺せる顔だな。いいねえ、そういうのが欲しかった」

そして、自分を諦めない心こそ、ガイカクが部下に求めるものだった。

それを確かめたからこそ、彼は不敵に笑うのだった。

5

ボリック伯爵の元には、多くの陳情が届く。

大抵はどうでもいいもの（伯爵目線）だが、時には緊急を要するものもある（伯爵目線でさえ）。

現在彼が読んでいる報告は、誰が読んでもヤバいものだった。

「山中の農村に、並のオーガが十人も現れ、占拠しているのか」

「ええ、しかも武装しており、明らかに山賊です。このまま放置することはできません！」

報告を持ってきた者は、明らかに興奮していた。

まあ、わからないでもない。

種族　オーガ
装備　鉄の剣、鉄の槍《やり》、木の盾、革の鎧。
能力　並
人数　十人
戦場　山の村

とまあ、こんな『敵編成』では、大抵の村民も兵士もしり込みするだろう。

だがそれを聞いて、伯爵は内心笑っていた。

（オーガは魔力が乏しく不器用、魔術や飛び道具が使えない。前衛を盾にしつつ、魔法や弓矢で攻めればいいものを……）

彼の脳内では自分の率いる兵士が勇敢かつ忠実に戦い、十人のオーガを壊走させる情景が想像できていた。

まあそこまでおかしな戦法ではないのだが、オーガも弓矢で攻撃されれば突っ込んでくるし、突っ込んできたら前衛が持ちこたえられるとも思えないし、弓矢部隊も魔術師たちも逃げると思われる。

よってその戦術は机上の空論に過ぎないのだが、彼が現場で直接指揮するわけでもないので問題はなかった。

「わかった、私の手の者を向かわせよう。その村の地図と、周辺の地図を持ってこい」

「は、ありがとうございます！」

(元騎士のエルフに比べればたやすい相手だ……すぐ終わって帰ってくるだろう。報酬も、まあ安めでいいな)

彼は既に解決した前提で考えを進めており、いくら払うかさえ考えていた。

(私は奴《やつ》に指示を出すだけで、領民から強い支持を得る。そして奴には安い報酬を支払うだけでいい。まったくこの世は、立場が上の者が勝つようになっているな……くくく)

6

ボリック領にある、山奥の村。

そこでは農民たちがつつましく生活をしていたのだが、ひと月ほど前に突如としてオーガの集団が現れた。

これが一人二人なら農民たちも協力して追い返そうという気になっていたかもしれないが、十人のオーガというのはお手上げだった。

農民たちは速やかに荷物をまとめ、近隣の村へ逃げ出したのである。もしも交戦していればほとんどの者が死んでいたので、正しい判断と言えるだろう。

またオーガたちにとっても、労力を払わずに成果を得られたのだから、悪いことではない。

双方にとって最善の選択だったのだが、つつましい暮らしの中で、なんとか溜《た》めていた食料が奪いとられるのは『善』とは程遠いだろう。

「ははは！　いやあ、人間の国はいいなあ。なんでもある！」

「ちょっと脅かしただけで、どいつもこいつも逃げるからなあ……」

「夢みたいだぜ、故郷だったらこんなことできねえよ！」

山村の、一番大きな家。そこに陣取った、オーガの山賊たち。

彼らは村に溜めこまれた食料や酒を、たったの十人で食いつくそうとしていた。

もちろん、この土地を奪おうなどとは考えていない。食いつくしてしまったら、次の村に行く。それをずっと続けるつもりだった。

平均的なオーガである彼らは、故郷においては凡庸に過ぎない。誰も彼もがオーガなのだから、オーガであることはなんの自慢にもならない。

だが人間の国に来てみれば、誰もが雑魚《ざこ》。さすがに大きな町へは仕掛けないが、小さな村でも彼らの胃袋や自尊心を満たすには十分だった。

「人間サマは、ありがたいぜ！　俺たちが欲しいものを、好きなだけくれるんだからな！」

「おう、人間万歳！」

オーガの男たち。彼らはそれこそ、絵に描いたようなオーガだった。

不潔で、不衛生で、野蛮で、乱暴で、食べ方が汚くて、そして頭が悪かった。

小さな村を襲い続ける分には、軍隊に襲われることはないと本気で信じていた。

「ん……鳥か？　いや、笛かなんかか？」

そんな一行の耳に、低い角笛の音が届いてきた。

「誰か来たみたいだな……面白そうだ、見てみようぜ」

人間の世界に詳しくない彼らは、なんだなんだと家の外に向かう。

角笛のなる方を向くと、そこには大きな馬車が来ていた。

その周囲にはダークエルフ、獣人の女たちが護衛のように並んでいる。

誰もがみすぼらしい格好をしており、なおかつ手には武器を持たされていた。

「ぷ！　ふぁ！」

「おいおい見ろよ、あの貧相な護衛を！」

「あんなんじゃあ、人間相手にだって意味がねえぜ！」

「小娘に武器を持たせて兵隊ごっこ……なんだあいつ！」

「もしかして、俺たちがここにいるって知らないんじゃねえか？」

「ああそうかもなあ、よし驚かしてやるか」

数だけはそこそこにいるが、貧弱な異種族の娘など脅威ではない。

オーガたちはゲラゲラ笑いながら、家を出てくる。その歩みは、実に悠長だった。

最悪、逃げられてもよかったのだろう。驚いて逃げるところを見れば、それで満足するはずだった。

「一応言っておくが、お前らは退散してもいいからな。それはそれで、こっちへ近づける意味はある」

一方で、角笛を吹いていたガイカクは実に余裕だった。部下に逃げていいと言っているが、本人は逃げる気配がない。

何が何だかわからぬうちにこの山奥まで連れてこられた新参者、ダークエルフと獣人《じゅうじん》たちも、戸惑いつつも逃げようとはしなかった。

ダークエルフからすれば、逃げても行く先がなかった。諦めたからこその、指示待ちであった。

一方で獣人たちは、何かを感じ取っていた。

一族からある程度認められ、仕事を任されていた彼女たちは、この状況に懐《なつ》かしい雰囲気を覚えたのだ。

そう、これは……狩りだ。これから始まるのは狩りだと、感じ取っていたのだ。

自分たちは獲物をおびき寄せる餌の役割であるが、ガイカクが一緒にいるということで、実際に襲われる予定はないと理解できる。

「山村というのは、村の中でも高低差がある。山の斜面にあるから、当たり前だな。それが何を意味するかと言えば、ルートがわかりやすいってことだ。そのうえ、一か所に集まりやすいってことでもある」

ガイカクは、大きな姿で脅しながら近づいてくるオーガに恐怖を覚えない。むしろ、格好の獲物だと笑ってさえいた。

彼らの道筋、歩く速さ、『発射から着弾までの時間』などを計算し、オーガたちの進む先にある地面へ指を向けて光の点を打つ。

「前回は一点集中の徹甲弾だったが……今回は散弾だ！」

彼がそう言った時である。

この山村から離れた河原で、砲撃の最終シークエンスが始まった。

河原に敷かれた魔法陣の上には、五人のエルフが配置され、砲塔が設置されている。

ガイカクが村で赤い光をともした瞬間、魔法陣が起動して五人のエルフたちから魔力を吸い上げていった。

「みんな、全部の魔力を注《つ》ぎ込むのよ！」

「わかってる……残さずささげるわ！」

「前線にいる先生のためだもの……絶対に失敗できない！」

魔力を吸われていく同胞を、他の十五人は心配そうに見守っている。

そのさなかも、魔法陣は正常に起動し、台に載っている砲塔へ魔力を注いでいった。

そして、魔法陣の上に座っているエルフたちが倒れると同時に、勢いよく魔力攻撃が発射される。

魔法陣の名前は『移動式五《いどうしきご》エルフ力魔導砲台《りきまどうほうだい》』。砲塔の名前は『灯点誘導式五《とうてんゆうどうしきご》エルフ力《りき》魔導散弾砲塔《まどうさんだんほうとう》』。

この組み合わせによって放たれる砲撃は、一旦上空へ飛んでいく。

一番上に達したところで誘導された先、ガイカクが狙いを定めた着弾地点へと向かっていく。

一般的な人間に換算して十人分もの威力を持つその魔力攻撃は、しかし空中でバラバラになり始めた。

これは不測の事態ではなく、むしろ設計通りの攻撃。大量の敵へ大量の弾丸をばらまく、散弾攻撃。

突如として上空から降り注ぐ、雨あられの魔力攻撃。一発一発の威力は、頑丈なオーガにとって脅威ではない。だが何十発、何百発と降り注ぎ続ければ、その限りではなかった。

「あ、あがあああ⁉」

「な、なんだ⁉　どこかに魔術師が隠れていやがったのか⁉」

「上からだ！　盾を傘にしろ！」

かなり、痛い。即死することはあり得ないし、体が穴だらけになることもない。投石をくらいまくるようなもので、耐えられないこともなかった。

攻撃が十秒以上続いたこともあって、彼らはなんとか対処することができた。

「や、やってくれたな、てめえら……！」

「許さねえ、ただ殺されるだけで済むと思うなよ！」

「いたぶりまくってから、獣の餌にしてやる！」

攻撃が終わった後、そこにいたのは手負いのオーガだった。

奇襲を耐えきったオーガたちは、怒りに燃えている。頭から血を流しつつも、弱気など一切ない。

むしろ攻撃をくらう前よりも手ごわくなった彼らは、馬車にいたガイカクたちに襲い掛かろうとして……。

「今だあああ！」

十人のオーガの女たちに、襲い掛かられた。

十数秒間攻撃をくらい続けた男オーガたちは、その間に包囲を完了した女オーガたちに気付けなかったのだ。

そう、今の散弾の雨も、結局は目くらまし。

ある程度ダメージを与えることよりも、十数秒という長い時間相手を封じるためにあった。

それまで近くの物陰に潜んでいた彼女たちは、手に持つこん棒で力いっぱい叩《たた》き始める。

「あ、あお、おごぉ⁉」

相手が同数で女で落ちこぼれなら、オーガの男たちにも反撃の余地はあるはずだった。

しかしながら、彼女たちが着ている鎧《よろい》は普通ではない。違法魔導士《まどうし》であるガイカクが生み出した培養骨肉強化鎧《フレッシュ・ゴーレム》は、落ちこぼれである彼女たちへ『並のオーガ』と同等の筋力を授ける。

今この瞬間において彼女たちの戦闘能力は、オーガの山賊と同等ぐらいには上がっていたのだ。

少々の防具を身に着けていたとはいえ、同等の相手から強振の攻撃を受ければ、もうその時点で立っていられないほどの大ダメージである。

この村で猛威を振るっていたオーガの男たちは、何もできないまま地面に転がされた。

「きれいにはまったわね……ああもう、一周《ひとまわり》して面白いぐらいに！」

「さあ楽しい弱い者いじめの時間よ……本当、楽しいわ！」

白々しいほどに、彼女たちは笑っていた。

口を大きく開けて、よだれをたらして、暴力に酔いしれている。それはもう、典型的なオーガの女戦士であった。

その姿を見て、男のオーガたちは慄《おのの》いた。もうこれっぽっちも、戦おうという気はない。

「お、おい待てよ！　お前たち、同種だろ？」

「同じオーガじゃねえか！　それに、全員女……なあ、どうだ？　サービスしてやるから見逃してくれ！」

「同じように人間の国で暮らす者のよしみだ、なあ！」

彼らは立ち上がれなくなり、武器も持てなくなり、ただ命乞いをする。にやにやとへらへらと笑って、なんとかこの場をしのごうとする。

如何《いか》に見苦しいとしても、間違ってはいない。この場をしのげないということは、死ぬということだ。

想像力に欠ける彼らでも、すぐにわかることだった。

「うふふ……あのね、私たちはね、故郷で役立たずだって言われてきたの」

「人間の国に来てからも辛《つら》かったけど、故郷でもいい思い出なんて一つもないわ」

「その私たちが、特に嫌いなものが何だかわかる？」

なぜなら武器を振りかぶる彼女たちの顔は、笑いと憎しみに染め上がっていたのだから。

「同種の男よ」

「ぎゃあああああ！」

徹底して、何度も何度も武器を叩きつけていく女のオーガたち。

それによって、男のオーガたち、山賊たちは絶叫を上げることしかできない。

一応念のため明記させてもらうと、彼女たちは確かに故郷で迫害されていたが、今叩きのめされている者たちは無関係である。おそらく今日が初対面であり、怨敵でも何でもない。

もちろん山賊であり悪党である彼らは何をされても文句を言えない立場ではあるが、憎《ぞう》悪《お》を向けられる謂《いわ》れはない。

だがしかし悲しいかな、誰も助けない。

彼女たちを止められる立場のガイカクは、この結果を満足げに見つめつつ、近くにいる新参者たちへと語り掛けた。

「この結果を、どう思う？」

「……凄《すご》いです、あの人たちは本当に落ちこぼれなんですか？」

感嘆して確認をするのは、ダークエルフたちだった。

落ちこぼれが凡人に勝つ、そんな夢のような状況にびっくりしていたのだ。

「ああそうだ。俺の作った培養骨肉強化鎧《フレッシュ・ゴーレム》で強くなってはいるが、中身は落ちこぼれだ。もちろん遠くからこっちまで砲撃をしてくれたエルフたちも、残らず落ちこぼれだ」

「そんな……落ちこぼれが集まって、普通の人に勝つなんて……」

「……ずれてるなあ、そんなのは当たり前だろうが」

勝ったことが信じられない彼女たちへ、ガイカクは呆《あき》れていた。

「いいか、みんなで力を合わせれば勝つなんて当たり前だ。普通に戦ったって、奴《やつ》らは負けていたさ。俺の開発した兵器さえ必要ない」

「え……」

「落ちこぼれのオーガ二十人を前列に配置、落ちこぼれのエルフ二十人を後方に配置。それで魔法で援護しつつ前線を支えれば、まあ勝つだろ。四十対十なんだから」

「……それはそうですね」

四十対十に持ち込んだ時点で、もう負ける余地はない。

落ちこぼれといえども四倍の数を用意すれば、凡人ごとき倒すなど簡単だ。

勝つことだけが目的なら、違法に製造された魔導兵器《まどうへいき》など必要ないのだ。

ではなぜ違法製造された魔導兵器を使うのか。わざわざ開発して、使わせているのか。

「重要なのはな……犠牲が出ずに勝ったってことだ」

普通に戦っても勝てはしただろうが、まず間違いなく犠牲は出ていた。

死者が出た可能性も高いし、そうでなくとも大けがをすることだってあるだろう。

そうなっていれば、こうも感嘆することはなかったはずだ。

「伯爵様が俺へ命じたのも、あるいはこのあたりの奴が伯爵様にお願いしたのも、突き詰めれば『犠牲が嫌』だからだ。手間暇かけて育てた健康な男子を、あんなチンピラ相手に消耗したくないからだ。そうなるかもしれないってだけで、指揮官も兵士もしり込みしちまう」

ガイカクはロマンチストではあるが、現実を見ていないわけではない。

結局相手より戦力をそろえて叩くのが、最善だとはわかってるし否定する気もない。

「だからこそ、俺の開発した兵器が、その運用が、戦術が生きる。数を揃《そろ》えた上で、犠牲を出さずに、スムーズに勝つ！　状況を想定して兵器を作り、それを組み合わせて戦術を構築し、兵士へ訓練を施す。そして与えられた状況の中で計画をたて、実証する！」

スマートに、クールに、計画的に勝つ。

相手の戦力を把握し、相手の動きを予測し、その上で何もさせずに勝つ。

相手が犯罪者とはいえ『人殺し』であるにもかかわらず、実に楽しそうである。

「最高に刺激的な達成感……脳が茹《ゆだ》ってたまらない！」

「……私たちにも、ああやって武器を与えて戦わせるのですか？」

楽しそうに演説をしているガイカクへ、獣人《じゅうじん》が問う。

その眼《め》には、一種の野心が燃えていた。

「ああ、お前たちにどんな武器を持たせて、どんな兵として運用するのか。最近はそればっかり考えているよ」

その野心を感じ取ったうえで、ガイカクはあえて問う。

「嫌か？」

「いえ……むしろ、期待しています」

「そうかそうか」

今回購入された、十人のダークエルフたち。彼女たちは、ある意味一般的な弱者だ。部族から厄介扱いされた落ちこぼれであり、真っ先に捨てられた者たち。ガイカク・ヒクメの元にいる面々と、ほぼ同じ生まれである。

だがもう片方のグループについては、少々普通ではなかった。

獣人たちは、寒冷地帯の生まれだった。

彼女たちの生まれた一族は、比較的温厚で温和で、落ちこぼれでも迫害しない気風があった。

そんな一族に生まれたのだから、彼女たちは自尊心を持っていた。他の者より劣っているが、それでも誇りを持っていると。家族も認めてくれていると。

そう思っていたが、他の部族との争いによって、一族は崩壊した。大人たちは全員殺され、男子も殺され、女たちは奪われた。

そして、役立たずである自分たちは、人間の奴隷商人に売られた。

彼女たちが不幸だったのは、ただ一族が負けたことだけではない。彼女たちの自尊心を、世界が徹底的に否定してきたことだ。どこに行っても役立たず扱いで、有用とも脅威とも思われなかった。

それがとても悲しかったのだ。

「貴方《あなた》の元で訓練を積めば、私たちは『脅威』になれるのですね」

「ああ、少なくとも……凡人どもから恐れられる程度にはな」

並の獣人ならともかく、彼女たちは資質が劣るため、人間の国でも戦士になどなれない。戦争に関わるとしても、下働きか、あるいは捨て駒扱いにしかならない。

そんな立場なら、誇りを持っていた彼女たちは受け入れなかっただろう。

だがもしも、脅威の存在として、恐るべき兵士になれるのなら。外法《げほう》の力を借りてもかまわなかった。

「わかりました……族長。どうかお願いします」

「……ふん、一丁前のことを。で、お前たちは？」

「わ、私たちですか？」

さて、ダークエルフたちである。

それこそ一般的な落ちこぼれである彼女たちは、そもそも自分で何かを決めることがない。

今までそんなことをすれば、徹底して否定されてきたからだ。

「ご、ご命令なら……」

「ははは！　今はそれでいいさ、他の奴らも最初はそうだったしな」

ガイカクの言葉を真に受ければ、今まさに死体を嬲《なぶ》っている女オーガたちもまた、同じように自主性のない弱者だったということになる。

ダークエルフたちからすれば、とても信じられないことだった。

7

さて、今回の任務は完了した。

首から上は伯爵へ献上することになり、首から下は村に置いていくこととなる。これで村の者たちも安心して暮らせるだろう。

ガイカク一行は村から早々に退散し、河原に置かれた野営地へと合流した。

そこで待機していた半数の女オーガたちへ、攻撃に参加していた女オーガは誇らしげに首級を掲げていた。

どうやら彼女たちは本気で同種の男が嫌いであるらしく、残っていた面々もやっぱり私たちが行けばよかったと言う始末。

獣人たちはドン引きしていたが、ダークエルフたちは一定の理解を示した。

落ちこぼれだとて、反発心がないわけではない。自分は劣っているから仕方ないのだと、必死に言い聞かせているだけだ。反発すれば、鞭《むち》で打たれるだけなのだから。

「……はあ」

落ちこぼれのダークエルフたちは、夜が嫌いだった。まさにまざまざと、自分たちの落ちこぼれ振りを知るからだ。

ダークエルフは夜目が利《き》くことで有名だ。落ちこぼれである彼女たちでさえ、人間よりはるかに夜の闇を見通せる。しかしながらそれも、種族の中では大いに劣る。

お前たちはダークエルフなのにこの程度の闇も見えないのかと、同族からさんざん罵倒されたものだ。

それは人間の国に来てからも同じで、ダークエルフなのに、ダークエルフなのに、と貶《おとし》められてきた。

悲しいことに、それは事実だった。なんなら、ガイカクだってそう思っている。

だがガイカクは、何の意図があってか、その落ちこぼれたちをわざわざ集めている。そして戦う力を与え、普通の者たちと戦わせている。

それもただの捨て駒ではなく、犠牲のない戦いの参加者として。

「……」

正直に言って、戸惑いが隠せなかった。

そして彼女たちは、その戸惑いが、希望だとか期待だとか、そういうものであることを知らなかった。

「……寝よう」

「そうだね、寝ないと怒られるもんね……」

とりあえず、寝ることにした。

彼女たちは自分たちに割り当てられたテントへ向かおうとして……。

ちょうど、今回の作戦で攻撃側に参加したオーガたちが、ガイカクのテントに入っていくところを見てしまった。

ダークエルフは、耳もいい。そのテントの中で、どんな会話が行われているのか聞こえてしまう。

『なんだお前たち、今日も来たのか』

『同族の男を殺すと……興奮してしまって……！』

『厄介な生態だな……まあいい、ほら、いつもの薬だ』

『ありがとうございます』

なんとなく、察するものはあった。

種族が異なるとはいえ、十人の女が一人の男のテントへ入る。これの意味がわからないほど、彼女たちは世間知らずではない。

そしてそれは、恋慕だとかそういう温《ぬる》いものではなく……。

『さて、俺も飲むか。毎度だが、しんどいなあ……』

本当にただ、オーガたちが興奮しているだけだった。これから始まるのは、それを静めるだけの行為に過ぎない。

女オーガたちの、よだれがこぼれる音さえ聞こえてくる。彼女たちが、慌てて自分の服を脱ぐ音も聞こえてくる。

誰かへ襲い掛かる、重量感のある音も……。肌と肌がぶつかる音、水気のある音も……。

ダークエルフたちもなかなか寝付けなかった。

8

翌朝、普通にガイカクは起きてきた。特に疲れた様子もない。

一方でオーガの内半数、彼のテントに入っていった者たちは、朝になっても目を覚まさずにいる。

薬で眠らされたとかではなく、夜の運動を終えた後特有の、とても満足げな顔で眠っている。

つまりこの男は、自分の倍以上の体重を持つ女性十人と戦い、勝利したということだった。

その姿を見て、ダークエルフたちは質問をした。

「あの、……御殿様……お体は大丈夫ですか?」

「ん、ああ……」

ガイカクはおおむねを察して、説明をする。

「この世にはな、『強くなる薬』と『弱くなる薬』があるんだ」

「へ、へえ……」

「弱くなる薬は犯罪に使われやすいし、強くなる薬も乱用すると肉体へ甚大《じんだい》なダメージを負う。だからどっちも違法……禁制品だ」

「そうなんですか……」

「だから兵隊さんには内緒だぜ」

ダークエルフたちは悟った。この男だけは、敵に回してはいけないと。

# 9

騎士団は騎士総長《きしそうちょう》の指示のもと、ボリック伯爵の身辺について調査を始めた。

元より優秀な人材の多い騎士団である、伯爵家の内情を探るなど簡単だった。騎士総長たるティストリアの手元には、すぐに詳細な報告書が届く。

彼女は側近である正騎士《せいきし》と共にそれを検《あらた》めていたが、なんとも呆《あき》れる内容だった。

「どうやらボリック伯爵は、ここ数年城下町を出ていない様子ですね。であれば、手勢を率いてアヴィオールを討ったという報告は、嘘《うそ》ということになります」

騎士総長直属の正騎士ウェズン。彼は報告書を読んで、呆れていた。ボリック伯爵は自分でやったと言い張っておきながら、しかし言い張っただけなのだ。

偽装工作など一切せず、他人の手柄を横取りしただけである。少し調べただけでわかったのだから、調べられるとは思ってもいなかったのだろう。

「そうですね。ですがアヴィオールが討たれたことと、ボリック伯爵が死体を送ってきたことは事実。であればボリック伯爵には優秀な部下がいるのでしょう」

ウェズンは嫌悪《けんお》感を隠さないが、ティストリアは何の感情も見せなかった。

「部下を含めて、領主の実力です。しかし利己的な理由で報告を変えたことは、歓迎できません」

「それでは、なにがしかの罰を?」

「いえ、元をただせばアヴィオール討伐は我らの恥。それを処理してくださったボリック伯爵へ、いきなり罰を下すのは好ましくありません」

虚偽の報告に対して、いきなり罰を下すことはないと、ティストリアは言った。

弁明の機会を、一度ぐらいは与えるべきだろう。彼女は言外に、そう伝えてきたのだ。

「おっしゃる通りかと。では……」

「ええ、公的に彼へ接触します。元より私が彼に会うことは、問題のないことですからね」

しかしながらウェズンもティストリアも、その弁明の機会を彼が活《い》かせるとは思っていなかった。

自分の部下がやったという報告でも十分なはずなのに、わざわざ自分がやったという男である。その虚栄心は、自分でも制御できないほどであろう。

他人の実績で自尊心を満たそうとする者の行きつく先は、大抵ろくでもない場所なのだ。

# 第三章　新兵と新兵器

## 1

ガイカクは定期的にボリック伯爵の元を訪れている。

その時に仕事をもらって対応を行うのだが、ごくまれに『すぐ来い』と命令されることもある。

ガイカクが違法魔導士《まどうし》であることさえ知らないボリック伯爵ではあるが、その彼の視点においてさえ怪しげな男を呼ぶのはいいことではない。

つまり……それだけ急ぎの案件ということだった。

ガイカクは配下へいつでも出陣できるように準備しておけと命じてから、ボリック伯爵の元へと向かった。

城で彼を待っていたボリックは、やや興奮した様子で文句を言う。

「遅いぞ、ガイカク・ヒクメ。雇い主がすぐに来いと言えば、すぐに来るのが道理であろう」

「お許しください、伯爵様。このガイカク、伯爵様の迷惑にならぬよう道を選んでおりましたので……」

「ふん、まあいい……私は寛大なので、許してやるとしよう」

そういって、ボリックは束になっている人相描きを渡してきた。

それには顔と名前が書かれており、まさに手配書である。

「この兵士たちを討ち取ってこい。もちろん可能な限り顔を無事にして……欲を言えば先日のエルフのように、四肢も無事でな」

「さようですか……伯爵様がお望みなら、最善を尽くしましょう。しかしながら非才な私では、全員を判別できるように倒せることはお約束できませぬ」

「よい。先日とはちがって……そこまで重要でもないのでな。たかが一兵士と、その取り巻きが犯罪者に落ちただけのこと。無理なら無理でかまわんさ」

「……？」

ガイカクは伯爵がここに呼びつけた理由も、こんなにも上機嫌である理由もわからない。

緊急性の低い仕事なら、伯爵にとっても危険となる呼び出しをする理由がなかった。

「……」

（なんか聞いてほしそうだな……）

どうやら私情的な理由であるらしい。

ガイカクはやや呆れつつ、接待モードで話しかけた。

「伯爵様……なにやら浮かれているご様子。よろしければ、私めにもその喜びを分けてくださいませぬか」

「うむ？　この私が喜ぶようなことを、お前に教えろと？　弁《わきま》えぬ男よなあ……」

（自慢したいくせに……）

「まあよかろう……本来口外無用だが、お前に知られたところでなんということもない」

彼はとんでもないほどの大声で、体を揺らしながら叫んだ。

「この、私に！」

（大声でいいのか？）

「この！　私に！　このボリック伯爵に！　王家からお声がかかったのだ！」

（まああのエリートエルフを四肢の欠損も無く死体にすればなあ……）

「騎士団に、騎士として、魔術師として参加しないかとな！」

望外の喜びであるとばかりに、全身で歓喜していた。

「まさかこんな日が来るとは……信じられんよ」

「伯爵様の働きが知られれば、当然かと……」

「うむ、だがそれは幸運をつかんでこそ。いかに才気があれども、運が無ければ埋もれるだけよ……」

　実力がないものほど言いそうなことを、実力のない男が口にする。そんな状況に、ガイカクは思わず笑いかけた。

「では名残惜しいことですが、私との縁もそれまでですなあ。私のごときものと高貴なる騎士様が頻繁に会えば、それこそ足を引っ張ることになりましょう」

「ふん、もう既に騎士となることが決まったかのような物言いだな。確かに騎士となることは名誉だが……私には伯爵としての職務がある。そうそう動けんよ……」

（まあさすがに実力がないってバレるしな……そういう口実で断るわな）

「最近など、怪しい薬を販売する輩《やから》が増えてきていてな。それらの対処に、剛腕を振るっておる。いやはや己の優秀さと、周囲の無能さが嘆かわしいわい」

（自分で剛腕とか言うなよなぁ）

　伯爵はガイカクの手品を理解していないが、それでもさすがに自分に実力がないことは把握している。

　そして自分の手品師であるガイカクが、騎士よりもはるかに劣ると知っている。いや正しく言えば、こんな奴《やつ》が騎士よりすごいと嫌なので、劣っていると信じている。

そのため、騎士の目の前で手品を披露すれば、バレることはわかっていた。

「とはいえ、名誉なことではある。私が喜ぶのも当然だろう」

「ええ、おっしゃる通りでございます」

「……ではこの件が片付き次第、また報酬を渡してやろう。今後もな」

「へへぇ」

へりくだるガイカクを見て、伯爵は邪悪な笑みを見せた。

(安い金で使われる……日陰者は哀れなものよのう……)

(とか思ってるんだろうな、このデブ)

なお、ガイカクも同じように邪悪な笑みを浮かべている。

(俺はアンタの領地にいるのに、一文だって納税していない……それがどれだけ俺の得か、わかってねえんだろうなあ)

ガイカクが広い土地を占拠し、なおかつ多数の奴隷を保持していられるのは、伯爵から高額の報酬を受け取っているだけではない。単に納税していないからである。

あくまでも結果的にではあるが、報酬の中抜きをしている以上に脱税されているので、伯爵はものすごく損をしているのだ。

（アンタに顔が利《き》くおかげで、俺は楽をさせてもらってるぜ。きひひひ……今後も太ってくれよう、伯爵様！）

2

伯爵からガイカクへの依頼。今回は山賊となった元正規軍の兵士を、討伐することであった。

居場所は大雑把にしかつかめておらず、今のところ特定できていない。

はっきりしているのは経歴と装備に加えて、その人数が二十人ほどだ、ということだろう。

種族　人間

装備　鉄の剣、鉄の槍《やり》、木の盾、革の鎧《よろい》。

能力　並

魔法　初級攻撃　初級防御

人数　二十人

戦場　不明　人の少ない場所を移動していると思われる。

ガイカクは拠点に戻ってすぐに部下たちを集め、その情報を共有し、簡素ながらも軍事計画を練り始めた。

初めて自分たちが参加する仕事ということで、ダークエルフたちや獣人《じゅうじん》たちは緊張している。

そもそも、会議がどうやって進行するのかもわからなかった。

そう思っていると、当然ながらガイカクが切り出した。

「今回はエルフの支援砲撃はナシだ。というか、どこにいるのかわからないんだから、砲撃の準備をするのは無理だしな」

エルフたちによる砲撃は、攻城兵器に近いところがある。

それは遠くから高威力の攻撃ができるという点もそうだが、移動や設置に時間がかかるという点も同じなのだ。

砲台も砲塔も大荷物で、運ぶルートも考えなければならない。どこにいるのかまったくわからない相手を探しながら運搬するには、本当に無理がある兵器なのだ。

「砦《とりで》に陣取っているわけでもないから、オーガたちに突っ込んでもらってもいいんだが……今回は獣人の初投入ってことで」

「私たちが戦うのですね、族長」

十人の獣人たちは、揃《そろ》って武者震いをしている。

既に彼女たちはガイカクから特別な訓練を受けており、それをぶつける機会を待っていた。それを得た彼女らは、今にも飛び出しそうなほど興奮している。

「ダークエルフたちには、斥候を任せる。いろいろ道具を渡すから、夜間に脱走兵の捜索をしてくれ」

「御殿様《おとのさま》、それは構いませんが……」

やる気に満ちている獣人とちがって、ダークエルフたちは少し不安そうである。

その理由は、やはり自分たちが落ちこぼれだからであり、相手が『正規の訓練を受けた人間』だからだろう。

「相手は人間です、そう簡単にはいかないかと」

「ほう、その心は？」

「私たちの故郷でも、人間の軍隊へ仕掛ける時は用心しろ、とよく言っていました。私たちのような落ちこぼれではない、普通の人へです」

ダークエルフは警戒心が強い種族であるが、その中でも特に人間相手には注意しろと言ったのだ。それは一種の敬意であり、警戒なのだろう。

「それは話が半分だな。相手が山賊に落ちたものなら、まったく問題ではない」

「そうなのですか？」

「ああ……まあ、やってみればわかるさ」

そして、まさに人間そのものであるガイカクは、仮にも同族を襲うにもかかわらず、なんとも嬉《うれ》しそうな顔をしていた。

3

元々正規軍だった、人間の山賊二十人。

彼らがどうしてお尋ね者になったのかと言えば、シンプルに待遇への不満であった。

彼らは正規軍に入隊するため、そのための学校に通い、そこで多くの技術を身に付けた。

それには多くの費用と、多くの労力を要した。そのうえで彼らは、立派な兵士になった。

だが実際に正規軍へ入隊した彼らを待っていたのは、残酷な事実というにはあまりにもささやかで、しかし残念な現実だった。

軍隊の一部には、エルフやオーガ、獣人やドワーフもいた。

その彼らは、人間よりも待遇がよかったのである。

異種族の面々が全員エリートで、凡庸な人間を突き放す力があったなら、まだ納得できた。

だが実際には、並の実力者でしかなかったのだ。同じく凡庸な者たちなら、せめて対等でいてほしい。だが実際には、大きな差がついていた。

人間の国なのに、人間が冷遇されているのである。

「上官殿、私たちは納得できません！」

「しかしだなあ……君も知っての通り、従軍しているエルフの魔力は人間の五倍、オーガの腕力は人間の五倍……それがどれだけ有効か、わかっているだろう？」

「それはわかっています。ですが兵士の仕事は、戦うことだけではありません！　平時の彼らは、何をしているのですか！」

「……たしかに、異種族の彼らは、平時は仕事をしていないようにも見える」

「実際そうではありませんか！」

「……しかしねえ、考えても見てごらんよ。彼らは故郷から遠く離れた土地に来ているんだよ？　もしも待遇を悪くすれば、そりゃあ帰るだろう。そうなったらどうするんだ？」

「では我々人間の正規兵は、いくらでも替えが利くから待遇が悪いとおっしゃるのか！」

人間の兵士の方が、給料は少ないし仕事も多かったのだ。

もちろんそれには、仕方ないところもある。

エルフは力仕事ができず、オーガは細かい仕事ができない。遠くから出稼ぎに来てくれた人へ、大目に給料を渡すのもある意味当たり前だ。

だがそれでは、納得できないところもあった。

「待遇を改めていただけないなら、我らが軍を抜けます！　それでもいいのですか！」

「え、あ、おい！」

彼らは抗議の意味を込めて、砦を無許可で抜けたのである。

如何《いか》に異種族が強いとしても、人間の軍の主体は人間。自分たち二十人が抜ければさぞ困って、慌てて呼び戻すだろう。そう思っていた彼らは、当初にやついてさえいた。

だが実際には、そんなことにはならなかった。

彼らが務めていた砦には、彼らと同等の補充要員が速やかに送られてきた。加えて、彼らは脱走兵として速やかに手配された。

なんとも皮肉なことだが、人間の強さはあっさりと証明された。

これが他の種族にできるかと言えば、否であろう。人間はまったく、とても優秀であった。

彼らは大いに慌てたが、後悔してももう遅い。彼らは砦から持ち出していた武装を手に、山賊に落ちるしかなかったのだ。

とはいえ彼らは、一人ではなかった。

異種族が優遇されることに不満を持っていた『二十人』は、全員が学校を卒業した正規兵。

質と数の合わさった暴力により、一般人相手の山賊行為に成功することは当然ながら、同業となった山賊たち相手の抗争にも余裕で勝利し、順調に山賊としての旅をしていた。

だがしかし、そんな順調さはすぐに終わる。

凡人二十人ごときが山賊をしたところで、長続きするはずがないのだから。

4

正規兵崩れの二十人は、今現在森の中、道なき道を歩いていた。

彼らがなぜ道のないところを歩いているのかと言えば、多数の兵と遭遇するのを避けるためである。

だがしかし、その所作に臆病さはまるでなかった。

山賊に落ちた元正規兵たちは、正規軍時代よりも表情や振る舞いに風格があり、まるで十年も最前線で戦ってきたかのような雰囲気を出していた。

それは彼らが自信を身に付けている証拠であり、現在順風満帆だと自覚しているからだろう。

現在の彼らは、失っていた自信を取り戻していた。

やはり自分たちは優秀で替えが利かない存在なのだと。そうでなければ、とっくに捕まっているはずだと。これから更なる躍進が待つはずだと。

そうして森の中を進む彼らの、その前方。生い茂る木々の枝の隙間から、勢いよく『何か』が飛んできた。

如何に武装している兵士たちとはいえ、移動中常に剣や盾を構えて周囲を警戒しているわけでもない。

突如として突っ込んできたそれに、反応できたものは一人もいなかった。

「おごっ⁉」

不意打ちだった。前を歩いていた男五人は、一発ずつ『それ』をくらっていた。

ある者は顔面に、ある者は胴体に、ある者は手足に、ある者は持っていた武器に。

彼らはまったく警戒しないままくらってしまって、痛みを受けた場所を押さえてうずくまった。

また、直撃こそ受けなかったものの、危うく当たりかけた者たちもいた。

彼らは攻撃を受けたのだと理解し、一気に戦闘態勢に入る。

「な、なんだ⁉　おい、大丈夫か⁉」

「敵襲⁉　くそ……何を当てられた⁉」

「これは……」

何かが飛んで来た方を警戒しつつ、山賊たちは仲間を盾でかばいながら周囲を見て、何が起こったのかを確認する。

「くそ……石だ！」

兵士に当たって血にまみれている石が転がっている。

木に、地面に、石がめり込んでいる。それを見た兵士たちは、これが投石攻撃だと理解した。

「木の上だ……誰かが、木の上にいる！　石を投げてきた！」

「野卑な真似《まね》を……異種族だな⁉」

「俺たちに仕掛けてくるとは、バカな奴《やつ》だ！」

投石攻撃と言えば、安価で訓練が簡単な、初歩の遠距離攻撃。必殺の攻撃ではないし、防具を着ている者には効果が薄いし、そこまで命中率も良くない。

移動中とはいえ、兵士たちは防具を身に着けている。この奇襲で戦闘不能になったものは、一人もいなかった。彼らはそれを確認すると、適切な対応を始める。

「慌てるな、人数はそんなに多くない！　矢継ぎ早に攻撃してこないということは、そういうことだ！」

「今ので死んだ奴がいるか？　最初の不意打ちで倒せなかったのだ、もうこちらが勝って当然！」

「だいたい木の上に潜んでいるのだろう？　そんなに多く石を持てるものか！」

兵士たちは一旦木の陰に隠れた。そのうえで周囲を見渡し、自分たちに石を投げてきた者を探す。

彼らは武器を抜かず、魔術の準備に入る。標的を見つけ次第、魔力攻撃を叩《たた》き込むつもりだった。

木の上に隠れているので見つけにくいが、木の上に隠れているからこそ移動できない。見つけてしまえば、それで終わる。元兵士たちは、そう思っていた。

「いくぞ！」

「うん！」

女性の高い声が、森の中で聞こえてきた。

それを聞いて、兵士たちは笑う。隠れているくせに、大きな声を出す馬鹿がいるか。

だがその笑いは、次の瞬間に砕かれた。

木々の隙間から飛び出してきたのは、緑色の迷彩服を着ている獣人《じゅうじん》の女だった。彼らに姿をさらすや否《いな》や、別の木に飛び移り始めたのである。

「な、なんだ⁉　獣人⁉　こんな動きをするなんて、聞いたことがない！」

動き自体は、そこまで速くなかった。

だがしかし、翻弄するように木から木へと飛び移り始めたことには驚いた。

「おかしいだろう⁉　なぜ枝が折れない⁉」

「太い枝ならともかく、細い枝も踏んでいるぞ⁉」

「どんな手品だ⁉　上から縄で吊《つ》っているのか⁉」

「そんなわけがあるか！　どこから吊っているんだ！」

彼女たちは何かの手品を使っているのだろう、到底体重を支えられるとは思えない細枝の上も踏んで飛び跳ねている。

そして気付けば、また木の陰に隠れてしまった。この状況になって、兵士たちは気付く。

「ま、まずい！　攻撃するな、防御しろ！」

「盾と魔術で防御しろ、急げ！」

慌てるが、まったく間に合わなかった。

木の陰に隠れていた兵士たちだったが、それは正面からの攻撃しか防げない。

今飛び跳ねている間に側面や背後に回り込まれていたなら、包囲されたならば、ただ立ち止まって動かない的だ。

「〰〰！」

声のない気合とともに、獣人たちは投石を再度行う。

先ほどよりも近い距離で、より投げやすい足場で、より木が邪魔にならない角度で。

先ほどよりも少し大きくて重い石を、思いっきり投げていた。

「あ、ああがああ！」

「おづぅ！」

今度の攻撃で、十人の悲鳴が上がった。

先ほどは十個の石を投げて半分しか当たらなかったが、今回は全部が当たり、なおかつほとんどが顔や頭に当たっていた。

それだけ彼女たちがいいポジションにつけた、ということだろう。

彼女たちは訓練の成果を確認すると、笑いをこらえながら他の木へ飛び移り、その陰に隠れた。

「く、くそったれ！」

兵士の一人が、攻撃魔術を使用する。

基本とされる『マジック・バレット』。手でつかめる大きさの魔力球を、高速で発射する魔術である。

当然ながら、相当の威力がある。もしも直撃すれば、軽装の獣人などひとたまりもない。

「ぐ……あ、当たってない……！」

だが枝を折り幹をへこませることはあっても、木の陰に身を隠した獣人たちには、一発も当たらなかった。

「落ち着け！　迷彩服を着ていて、木を壁にして、しかも飛び跳ねて移動できる相手に当てられるわけがない！」

「十数発も撃てば当たるだろうが……それで一人倒して終わりだ！　全滅させるより先に、こちらの魔力が尽きる！」

迷彩服というのは、意外と馬鹿にできない。

例えば一枚の写真の中に『五人いるから探そう』と言われれば、案外見つけられるだろう。だがどの範囲にいるのかもわからないのなら、捕捉は困難を極める。

「ぐ、ぐうう！」

同志からの指示を聞いて、攻撃魔術を使った元兵士は悔しそうに攻撃の手を止める。

「奴らは軽装だった……持っている石も、あと一つか二つだろう」

「どんな手品を使っているとしても、それを使い切れば離脱するはずだ」

「そうだな……なんとか耐えるしかない」

兵士たちは、初級防御魔術、シールド型のマジックバリアを展開した。

それはドアほどの大きさを持ち、正面からの攻撃を防ぐ盾となる魔術。全員で輪を作れば、シェルター型にも似た運用ができる。特に負傷している者を中心として、防御陣形を作っていた。

これで、しのげる。反撃こそできないが、相手を追い返すことはできる。

そう、信じていた。

「みんな！　最後の一投だ！」

そして読み通り、彼女たちは投げる物をあと一つしか持っていなかった。

だがそれは、石ではない。また、未知の何かでもない。兵士である彼らは知っているし、使ったこともある武器だった。

剛速球のように投げてくることはなく、放物線を描いて投げてきたもの。

まるでパスでもするような、優しい投球。それが自分たちの元へ転がってきた時、兵士たちは目をむいて驚いていた。

「な……焙烙玉《ほうろくだま》⁉」

火薬を陶器の中に入れ、導火線をつないだもの。火をつけて投げると、火薬が爆発することによって周囲へ陶器の破片がばらまかれる。つまりは、手りゅう弾である。

しめて十発の焙烙玉が、兵士たちの足元に転がってきた。もちろん防御態勢はとっているが、それでも彼らの顔は引きつり……。

「……!」

その焙烙玉を投げた獣人たちは、慌てて木の陰に隠れ直して、目を閉じて、頭の上についている耳を押さえた。

そのしばらく後、押さえた耳が痛くなるほどの音が森の中にとどろいた。

鼻が痛くなる、火薬の臭い。

それが獣人たちの顔をしかめさせるが、その彼女たちはすこし気の抜けた顔で、木の上から下りた。

それこそ、まるで上から吊られているかのような、ゆったりとした着地だった。

「勝った、のかな……」

自信がなさそうに、獣人たちは互いを見合って、兵士たちのいた場所へと向かった。

そこには、元々くたびれていた武装が、さらにボロボロになっている、傷だらけの兵士たちがいた。

「くそ、なんで獣人が焙烙玉を使うんだ……」

彼らは息も絶え絶えだったが、それでも生きていた。血まみれだが、立って武器まで持っている。

　しょせん、陶器の破片をばらまくだけの武器。防御魔法を使っている人間たちを殺すには、火力が不足しすぎていた。

　だがしかし『無力化』には成功していた。もう既に、人間の兵士たちは立っていることしかできない。

「人間に渡されたんだろうな……自分が作ったわけでもない武器で、武勲を上げたつもりか⁉」

「お前たちはいつもそうだ……人が作ったものの中で暮らしていて、なんの感謝もない！」

「自分たちには専門分野があるから、と言って……ええ⁉　なんでもできる奴は雑用でもしていろってのか⁉」

　彼らは呪いを吐く。

　せめて彼女たちが嫌な気持ちになってくれと、最後の自己表現を行う。

「俺たち人間が、人並みにできるようになることに、お前たちが訳知り顔で使っている武器を作れるようになるのに……どれだけ頑張ったと思っているんだ！　人間ならそのうちできるようになる、とでも思っているのか⁉」

「お前らにはわかるまい……一生懸命努力して力をつけても、その他大勢扱いされることの屈辱が！」

無力なるものの叫びだった。強者への反抗だった。

それを聞く獣人たちはしばらく互いを見合った。そして、にまりと、卑《いや》しい笑みを浮かべた。

「お前たちは……私たちが憎いのだな」

「当たり前だ！」

「そうか……ありがとう」

弱者として憐《あわ》れまれることもなく、無価値として無視されるわけでもない。

強者として、勝者として、心底から呪われる。それは彼女たちの自尊心を、大いに満たしていた。

「嬉《うれ》しいよ、呪ってくれて！　ぜひ、地獄の底でも呪っていてくれ！」

彼女たちは残された最後の武器……金属でできている、ただの山刀《さんとう》を抜いて構えた。

そしてもう何もできないかわいそうな者たちに、残虐にも襲い掛かったのだ。

## 5

浮力式軽量化雑嚢《シー・ランナー》。

ぱっと見た限りでは、ランドセルと一体化したベスト、というとわかりやすいだろうか。前側、お腹側にはいくつかのポケットがついており、そこには投擲《とうてき》するための石や焙烙玉を収納できるようになっている。

これだけ見ればただの軍用ベストだが、重要なのは背中側だ。この浮力式軽量化雑嚢《シー・ランナー》、ランドセル部には収納スペースが一切なく、すべてが革製の『風船』になっている。

この風船内部には非常に軽いガスが詰められており、着ている者や前側の武装の重量を軽減する効果がある。

あまりにも軽いため、武装を使い切ると本人が浮かんで空に行ってしまう恐れさえある。

それこそ、海中を歩いているかのような浮力を得るため、シー・ランナーの名前を与えている。

ガイカクが立案し研究した兵器であり、獣人《じゅうじん》たちはそれをこなすために訓練を受けた。

単純に軽くなった体での身のこなしや、木と木の間の移動、体の可動域が減った状態での投擲。何よりも、投げるとき以外は極力遮蔽物に隠れるという基本戦術である。

この浮力式軽量化雑嚢《シー・ランナー》、想像の通り背中がとても脆《もろ》い。なにせ革袋の風船であるため、背中からぶつかるだけでも穴が開きかねない。

当然防御力もほぼなく、被弾は即死を意味するため、遮蔽物を利用した戦術を要するのだ。

また攻撃力も携帯武器に依存するため、十分とはいいがたい。実際相手が防御態勢をとっていたとはいえ、虎の子の焙烙玉を十個すべて当てたにもかかわらず、人間ごときを殺せなかった。

相手がオーガなら素で耐えられてしまい、逃げるしかなくなっただろう。

とはいえ……そんなものは、運用法の問題に過ぎない。人間二十人を相手にするには、十分だった。話はそれだけである。

事実として、任務は達成された。獣人十人は、倍の数の正規兵を全員殺し、ほぼ無傷で帰ってきた。

彼女たちは両手で『首』を持ち帰り、実に鼻息を荒くしている。勝利の興奮冷めやらぬ、とはまさに今の彼女たちだろう。

襲撃地点の近くに置かれた野営地にて、ガイカクは彼女たちを迎えていた。

「ご苦労だったな」

今回は野営地から動かなかった彼は、それでも彼女たちの状態を見て、それだけで自分の予定通りに事が進んだと笑っている。

その姿を見て、ダークエルフたちは驚いていた。

自分たちの故郷で、並の者たちが警戒していた『人間の正規兵』が、半数の落ちこぼれたちを相手に全滅したのだから無理もない。

「御殿様《おとのさま》、どういうことでしょうか？　私たちの故郷の認識が間違っていたのでしょうか？」

「いや？　お前たちの故郷の認識は正しい、確かに人間の軍隊は強い。人間は何でもできるから、対応の幅が広い。だが……それは社会全体の強みだ」

凶暴なほどに、ガイカクは笑っていた。

「城を作れる、畑を作れる、武器を作れる、流通ができる、役割分担ができる、大勢で軍を作れる。人間の万能さは、突き詰めれば社会を構築することだ。社会から切り離された人間なんて、大して怖くねえよ」

「同じ強さでもですか？」

「当たり前だ、とれる戦術の幅が違う。不意に襲われたとしても仲間を呼ぶこともできるし、拠点へ逃げ帰ることもできる。奴《やつ》らにはそれができないから、その場で自分たちだけで戦ったのさ。そんなの料理できて当然だろう」

社会こそが、人間の強さ。

なるほど、この魔導士《まどうし》たるガイカクも、自分で社会を作っている。

ならば獣人たちは、ガイカクの生み出した社会による強さを振るったということだろう。

「ふふふ……勝って当然だった！」

ガイカクは、悦に浸る。

「勝って当然の『状況』が、実践されて実証された！　つまり……俺の理論は、兵器は、運用は、戦術は、準備は！　十分に完ぺきだった！　素晴らしい！」

机上で描いた詰め将棋が、実際の戦場でも計画通りに進んだ。

ガイカクは己の才気に、己の兵器に、己の頭脳に酔いしれていた。

これを味わうために、彼は違法魔導士をしているのだ。

「獣人たち！　これで高機動擲弾《てきだん》兵の有用性は証明された！　ありがとう、これで今後、より一層楽しい戦術が練れるぞ！」

「……族長に喜んでいただけで、何よりです」

「今までは重装歩兵《オーガ》と砲兵《エルフ》だけで、めちゃくちゃ単調だったからな！　まあそれで大抵の相手には勝てたが、エルフたちの負担も半端《はんぱ》なかったし、何より対応できる状況が……」

「ですが……」

興奮してしゃべりまくっているガイカクへ、獣人たちは傅《かしず》いた。

「私どもの感謝の気持ちを、伝えたく……」

「……俺が喜んでいるだけじゃ嫌ってことか？」

「はい……私たちは『喜ばせ方』など一つしか知りませんが……」

それを聞くダークエルフたちは、顔を見合わせて下がり始めた。

貞操観念の強いダークエルフたちからすれば、こうも大っぴらに、集団で、体をささげるとか言われるのが信じられないのだ。

というか、他人事《ひとごと》ながら恥ずかしくてたまらない。

「貴方《あなた》に、感謝を伝えたいのです」

「やれやれ……オーガどもは興奮して仕方ないって感じだったが、お前たちは嬉しくて仕方ないのか。まあいい、欲求はこまめに解消するのが一番だしな」

一般的な人間が十人の獣人相手から求愛された時、どう振る舞うのだろうか。

少なくとも、この男はそれから外れているだろう。

「今晩俺のテントに来い、全員分の感謝の気持ちを受け止めてやる」

男は、異常者だった。

# 第四章　騎士の女神

## 1

獣人たちが持ち帰った、脱走兵の首。

ガイカクはそれを保存し、ボリック伯爵の待つ城へ赴いた。

怪しい風体をした男が、保存された首二十個を持って城へ入る。なんとも物騒な話であるが、見咎《みとが》められなかったのは伯爵の配慮あってこそだろう。

「伯爵様、この通りでございます。少々荒くなってしまったため、この通り『傷物』ですが」

「ふむ、首だけか……傷だらけだが、顔はかろうじて判別できるな」

「……」

「まあよかろう、勘弁してやる」

「おお、寛大なお心に感謝します！」

首の納品を、伯爵はもったいぶって受け取った。

にやにやと笑いつつ、幾分か抜かれた報酬を渡す。

（くくく……報酬を中抜きされているとも知らずに……守銭奴の割には、計算ができないと見える）

（くくく……税金を一切納めていないのに得をした顔になっているな……悪徳のわりに帳簿をつけていないと見える）

なお、本来搾り取れる税金を考えると、かなり損をしている模様。

「それでだ……」

ごほん、と。伯爵は咳払《せきばら》いをした。

「実はな、この城へ貴人がいらっしゃる」

「なんと」

本来であれば、伯爵自身が貴人と呼ばれる立場の人間だ。その伯爵が貴人と呼ぶのだから、ガイカクの前で口に出せないほど、尊いお方に違いない。

「それでだ……」

「おお、皆までおっしゃらないでください！　このガイカク、察しましたぞ……げひひひ」

ガイカクは、本当に露骨なほど下衆《げす》な笑いをした。

「私のごとき卑《いや》しいものが、貴人のお傍《そば》にいるなど許されざること。そういうことですな?」

「……まあそういうことだ。万が一お前の姿をご覧になれば、あの方の目が汚れてしまう。お前も使いようによっては役に立つが……分は弁《わきま》えねばな」

「であれば……しばらくお暇《いとま》をいただきます」

「小遣いをくれてやる、これがなくなるまで遊んでくるがいい」

そういって伯爵は、報酬とは別の、少々の小遣いをガイカクの掌《てのひら》に置いた。

ガイカクはいかにも守銭奴という振る舞いをして、それを懐《ふところ》へ突っ込む。

あえての卑しい振る舞いだが、伯爵は笑って見下していた。

「それでは……下賤《げせん》な者のことはお忘れになり、高貴なる社会へとお戻りください」

ガイカクは腰を曲げて挨拶をすると、そそくさと立ち去って行った。

「ふん……しょせんは小者だな」

ガイカクが去ったことを確認すると、伯爵は愉悦に歪《ゆが》んだ顔で自室へと戻った。

そして厳重に保管されている、一枚の手紙を読んだ。

それは先日から来ていた、ボリック伯爵を騎士として迎えたいという要請だった。

「私とは違うのだ……そうだ、私は違うのだ！」

ボリックはそれに対して、お受けする、という返事をしていた。

数日後に来る貴人というのは、彼を正式に騎士として認定しに来る者たちだった。

「騎士になるならば、私のように家柄が良く、勤勉で、高い役職についている者こそがふさわしい……！」

彼の脳内では、万が一の可能性がよぎっていた。

実際に成果を上げていたガイカクたちが、騎士団に見つかってしまうという可能性だ。

そうなれば、彼が築いてきた武勇伝のすべてが失われる。

それは彼の自尊心にとって、とんでもない傷だった。

「そうだ、あってはならない……あってはならないのだ……！」

彼は焦《あせ》っていた。

その焦燥については、先ほどほぼ隠せていたのだ。それは彼が、完全に無能ではない証明である。悪人として、それなりの知恵が回るということだった。

「ガイカクがこのことを知れば……自分がやっていましたと言い出すに決まっている！」

だがどれだけ知恵があっても、願望や主観から逃れることはできない。

「そんなことになれば……奴が騎士になりかねない！　そんなことになれば、騎士団の名誉に関わる！　いやそもそも、名乗り出ることすら……！」

騎士とは、まさに実在するヒーローである。エリートだけで構成される、国民の憧れ。貴族も平民も、誰もが彼らを崇《あが》めている。

異種族や人間の、抜きんでた実力者だけの組織。あらゆる栄光が約束された、最強無敵の部隊。もしも自分が入れたならば、と誰もが夢想するものだ。

ボリック伯爵も、その一人だった。彼はその夢が叶《かな》うと興奮しつつ、それを守ることに執着していた。

「何も問題はない……仕事自体は奴に回せば、今まで通りだ……私は今まで通りにするだけで、騎士になれる……！　騎士受勲さえ受けてしまえば、あとはガイカクも何もできないはずだ！」

彼もわかってはいるのだ、これがリスクを伴うと。

他人が同じことをしていれば『身の程知らずの馬鹿め』とあざ笑ってやるはずだ。

だが自分のことだからこそ、なんとかなると思い込もうとしてしまうのだ。

世の中の破滅する者は、大抵こうである。

## 2

伯爵の館から出たガイカクは、鼻歌を歌うほどに上機嫌だった。

その彼を出口で待っていたのは、砲兵たるエルフ……そのうちの一人、ソシエであった。

「どうされたんですか、先生。ずいぶんと楽しそうですけど……」

「偉いヒトがくるんで、当分来なくていいって言われたよ」

「普通なら怒るでしょうけど、先生は怒らないんですね」

「なあに、雇用者様が評価されるのは結構なことだ」

どんな人がどんな理由で、ボリック伯爵の元へ訪れるのか。ガイカクは聞いていなかったし、興味もなかった。ただ時間ができたことを、大いに喜んでいる。

「最近は実戦が多かったからなあ……しばらくは研究開発に没頭できそうだぜ。獣人《じゅうじん》たちにシー・ランナーを実際に使ってもらって、データもそろってきたしな。フレッシュ・ゴーレムの改良にも手を付けたいし……」

ガイカクが喜んでいる一方で、ソシエは不安そうにしていた。彼女の耳にも、市井《しせい》の噂《うわさ》は届いているのである。ガイカクも知っているはずなので、気にしていないことが不思議なのだった。

「あの、先生……その、ボリック伯爵が騎士に誘われるっていう噂を聞いたんですけど……偉い人が来るのって、そういうことなんじゃないですか」

先日ガイカクたちが討ち取った、元騎士のエリートエルフ。

彼がなぜ騎士をやめたのかはわからないが、少なくとも実力は本物だった。

彼を倒したことになっている伯爵を、騎士が呼んでも不思議ではない。

「馬鹿馬鹿しい、そんな話を受けるわけがない。いくら奴《やつ》がバカでも、限度ってもんがある」

ガイカクはあくまでも常識に則《のっと》って、ありえないと一笑に付していた。

「……先生はあのデブがバカだとは思っているんですね」

「契約相手は、それぐらいがちょうどいいのさ。大体頭が良かったらな、俺の首根っこを押さえてこき使ってるぞ。痛いところを突かれたくなかったらもっと働けってな」

「そっちの方が困りますね……」

「だろう？　場合によっては、俺の違法技術もなにもかもを吐き出させてくるな」

頭がいいということは、善良であることを意味しない。

そもそもこのガイカク自身が、それを証明している。

「まあそれが嫌だから、適度なバカに使われているんだ。あのデブが身を持ち崩すようならそのときは、大慌てでとんずらだな」

そんな彼を見るソシエは、不安を覚えずにいられなかった。

しかしながら、ガイカクが決めたことに異議を唱えられるわけもない。また彼女自身も、具体的な提案ができるわけでもなかった。

なので話題を変えることにする。

「で、あの、先生……このまま直接帰るんですか？　私としては、その……ちょっと寄り道したいかなって……」

「ん……まあいいぜ。近所の露店でも巡ってみるか」

ガイカクは割とおふざけが好きな男でもあるので、忙しくないときは寄り道を誘うとすんなり付き合ってくれる。そしておねだり次第では、結構サービスしてくれるのだ。

3

ボリック伯爵の館付近には、結構な露店の並ぶ通りがある。

大勢の『木っ端《こ　ぱ》商人』や出稼ぎの田舎者が、屋台のように小さい店や、あるいはシートの上に商品を並べて商売をしている。

まあ……並んでいる商品の品質は、お察しである。ちゃんとしたお店ではないので、ちゃんとした物は売っていないのだ。

こういう露店で買うべきは、それこそどうでもいい小物、飾りであろう。

実際田舎の民芸品などが売っているお店は、なかなか繁盛《はんじょう》している様子だ。

「一応言っておくけどな、ソシエ。ここにあるのはほとんどが人間用で、エルフのお前が身に着けるには硬いものもある。飾るものならともかく、身に着ける物は注意して選べよ」

ガイカクとソシエも、それを見ていた。シートの上に並んでいる商品を見て歩く、というだけでも楽しいが、買うものを選ぶのならなお楽しい。

もちろんガイカクの奢《おご》りであるので、ソシエは大いに嬉《うれ》しそうだった。

「それは言われなくてもわかっていますよ……」

さて、エルフである。この種族は魔力に関しては最高位に位置しており、反面肉体は最弱に近い。筋力や体力だけではなく、皮膚もまた弱いのだ。

指輪やネックレスなど、普通の人間なら問題にならない金属製の装飾品も、エルフが身に着けると肌が傷む。ちょっと触ったぐらいなら問題ないが、ずっと着けていると出血したり、痣《あざ》になるのだ。

そのためエルフが身に着ける装飾品は植物性、つまり木の皮や草などを編んだものが主流である。

そして、地方の民芸品というのは、大抵それである。よってちょっと注意すれば、大抵のものは買えるのだ。

「迷うなあ～～……私だけならいいんですけど、他のエルフにも買いたいんで、同じのがたくさんあるといいんですけど」

「別に違うのでもいいだろ？　大量生産しているわけじゃないんだし、ちょっとずつ違う。それがまた、味があるわけで」

「……あの、先生。一応聞くんですけど、こういうのって先生も作れるんですか？」

「野暮なこと聞くなあ、お前」

ここでガイカクは、とんでもなくイヤな顔をした。

それはもう、一気に不機嫌になっていた。

「お前料理店に入って、一緒に来た奴が『俺も同じの作れるよ』とか『コレ、俺の方が上手に作れるわ』とか言い出したらどう思うよ」

「……入ったことないんで、わかりません」

「ああ、そうだったな。まあとにかく、下らんことを聞くな。買うのか、買わないのか、だぜ」

「もうちょっと見ていいですか？　まだ全部のお店見てませんし……」

「そうだな……ん？」

並んでいる露店の、端の方。そこには客引きに大きな声を出している商人がいて、そこには多くの『エルフの民芸品』が並んでいた。

「さあさあ、エルフの森から仕入れた、エルフの装飾品だよ！　そんじょそこらじゃ手に入らない、貴重品だよ！」

おそらくエルフの森で買い付けて、ここへ売りに来たのだろう。

その商品を見て、ソシエは……。

「あの、あれ……貧乏な家の女性が、家計を助けるために作るものなんですけど……お祭りで大量に並ぶものなんですけど……貴重品ではないと思うんですけど」

「野暮なことを言うな、お前……まあ、このあたりだと貴重なんじゃないか」

本物であり貴重品でもあるが、安物である。それをソシエは知っているので、宣伝文句に疑問を覚えていた。

「じゃあいらんか？」

「……いえ、あそこで買います」

「ぼろくそに言ったのにか？」

「ぼ、ぼろくそには言ってませんよ……子供の頃、欲しかったんで……」

ソシエを含めた、ガイカクの部下たち。その中でもエルフたちは、故郷に対してあまりいいイメージを持っていない。

彼女たちは故郷で冷遇されていたうえで、家族によって奴隷商人へ売られたので、いいイメージの持ちようがない。

しかしそれはそれとして、子供の頃に欲しいと思っていたアクセサリーが売っていたら、買いたくなってしまうのだ。

「みんなもきっと、欲しがると思うんで……」

「そうか、じゃあどさっと買っていくか」

彼女はねだり、ガイカクはそれを受けた。

物凄《ものすご》く安い、そして意味の薄い買い物だった。

だがしかし、それでさえ……彼女は親や、周囲の人から受けられなかった。

「ありがとうございます」

「なに、お前たちは普段から頑張ってくれているからな」

頑張ったから、おねだりを聞いてくれる。そんな当たり前のことさえ、彼女にとっては貴重なことだった。

彼女の親はおねだりを聞くどころか、声を発しただけで暴力を振るってきたのだから。

「えっと……それじゃあ、これとこれと……二十個ください！」

ソシエは思わず嬉しくなって、そのまま買うものを決めていた。

「へい、まいど！」

「それじゃあコレは俺が持とう。お前だと全部持つのは大変だろ？　どうする、自分の分だけは受け取っておくか？」

ガイカクは代金を支払うと、そのままアクセサリーを受け取った。さほど重いものではないが、エルフの細腕だと長い時間持つのは大変だ、という配慮である。

その気遣いもまた、ソシエには嬉しかった。

「あ、いえ……どうせなら、みんなと相談して決めたいんで……」

「そうか、じゃあこのまま全部持っておくか。それじゃあついでに、他の奴らにもなにかを買って……？」

二人がもう少し買い物をしていこうか、というところで、露天市で騒ぎが起き始めた。

シートの上で商売をしていた商人の一人が、兵隊に囲まれていたのである。

「お、おい、兵隊さん！　俺ぁ、ここで商売していいって許可をもらってるんだぜ？　どういう了見で、俺を捕まえるってんだ！」

「お前の売っているものが、違法品だからだ！」

なんだなんだと、多くの野次馬が集まってくる。その中に、ガイカクとソシエも交じっていた。

「い、違法品って……俺は普通に買ったものを、普通に売っているだけで……！」

「お前が販売している物の中に、『ダッチャラ』という薬があるだろう！　それが違法なのだ！　違法品を売っていれば、捕まるのは当たり前だ！」

「これは苦労して仕入れた万能薬で……一番の売れ筋で……！」

露天市では、それほど珍しくない光景だ。

無学な商人が、違法品と知らないまま商品を仕入れて、それを公に売って捕まる。

ここまでは、何もおかしなことはない。だがしかし、ここからさらに悶着《もんちゃく》があった。

販売していた商人だけではなく、その周囲に居た客まで騒ぎ出したのである。

「兵隊さん、そりゃあ困るぜ！　そのダッチャラって薬は、本当になんにでも効くんだ！

俺はそれをここに買いに来たんだぜ？」

「そうよそうよ！　その薬を飲んだら、うちの子供もすうっと良くなったんだから！」

「なんとかなりませんかねえ？　あの薬が手に入らないと、腰が痛くて痛くて……」

どうやらその商人が売っている品は、客からは評判が良かったらしい。

効き目は確かで、まだ欲しい、まだ買いたいと頼んでいた。

「黙れ！　ダッチャラは違法品！　これの売買は禁止されている！」

「なんでだよ！　なんか変な効果でもあるのか？」

露天市の客たちは、なぜ違法なのかを兵に問う。

それに対して兵は……。

「駄目なものは駄目だ！　違法品は、違法だから取り締まるのだ！」

特に根拠を示さず、法律で決まっているからそのように、とだけ答える。

おそらく本人たちも、よくわかっていないと思われる。

「大体、この薬がどう違法なのか、説明されたとして理解できるのか？」

「それは、まあ……」

「ならば黙っていろ！」

兵隊からの強い言葉に、惜しみつつも客たちは離れていった。

「ダッチャラ……そうか、あのデブが言っていた『怪しい薬』ってのは、ダッチャラのことだったか……。どっかのバカが、金に困って売りさばいているのかねえ」

今の顛末《てんまつ》を見て、ガイカクはボリック伯爵から聞いていた『怪しい薬』の具体名を初めて知った。

また同時に『あのデブ、ちゃんと取り締まりしているんだなあ』と感心していた。

「あの、先生……」

その光景を見ていたソシエは、周囲に聞こえないようにガイカクへ話しかけた。

「お薬って、すごく売れるんですねえ……人気がある、需要があるんですねえ……」

「まあ……本当に薬効があるのは、そうだろうな」

いいことを思いついた、という顔のソシエ。しかしそんな彼女を見るガイカクは、『いらんことを思いついたな』という顔をしていた。

「どうですか、先生。あの伯爵の私兵なんて辞めて、薬を販売する仕事を始めませんか？」

「あのなあ……今まさに、薬を売っている奴《やつ》が逮捕されたんだが、それについてどう思っている？」

「それはほら、違法なお薬を売っているからですよ！　天才魔導士《まどうし》である先生なら、合法的なお薬を製造できますよね？」

うっとりと夢を見始めるソシエ。彼女の脳内には、明るい未来が構築されていた。

「先生特製の良く効くお薬は、国中で大人気！　たくさんの人が買いに来て、大評判になるんです！　それで先生の名声は凄《すご》いことに！　貴族の私兵より、ずっといいですよ！」

具体的にどんな薬を販売するのか、まったく考えずに『未来』を描く。

（語彙の貧困さが、育ちの貧しさを表しているな……）

「そうしたら国中から先生のお弟子になりたいって人がたくさん来て、それを先生は追い返すんです。私たちという信頼できる助手がいるから、お前たちはいらないって！」

熱狂しつつ、体をバタバタと動かすソシエ。露天市のど真ん中で醜態をさらす彼女に、ガイカクは呆《あき》れていた。

努めて冷静に、彼女の描いた未来を拒絶する。

「まあ、できなくはないが……やりたくはないな」

ガイカクがその気になれば、合法、というか脱法の薬を製造することは可能である。多少の法的な手続きは必要だろうが、そのあたりも手間暇を惜しまなければ可能だ。だがそれを経ても、なお面倒なことがあるのだ。

「お前たち砲兵隊は、平時だと薬の製造をしているだろう。ゴブリンと協力しながら、四十人で頑張ってるだろ」

「ええ、まあ……」

「薬の販売を始めた場合、朝から晩までそれをすることになるぞ。今までのように、途中でどっかに行くとか、新しいことを勉強するってこともないぞ。ただひたすら、ずっと同じ薬を作り続けるぞ」

趣味でたまに料理を作るのと、飲食店で調理の仕事をすること。この二つがまったく違うように……。

自分たちが使用する分の薬を製造するのと、販売するために薬を大量生産するのは、まったく別の話である。

「いいのか、マジできついぞ」

「……やめておきます」

なまじ自分がある程度こなしているからこそ、それだけをやり続ける大変さは理解できる。

賢さが高いエルフのソシエは、ガイカクの忠告を潔《いさぎよ》く受け入れて……。

「あの、先生」

言葉の意味、その中身に気付いた。

「それって、私たちのために、ってことですか？」

「せっかく俺の部下になったんだ、どうせなら賢いことをしたいだろ？」

ガイカクは、意地の悪い笑みを浮かべた。

だがその言葉には、意地の悪さなどない。

金儲《かねもう》けや名誉よりも、部下と楽しく働く方が大事だと言ってくれている。

その優しさに、ソシエはときめいていた。

「せ、先生……今晩はお部屋に伺ってもよろしいですか？」

ソシエは、ガイカクの腕に抱き着いていた。

エルフはオーガや獣人《じゅうじん》と違って身持ちが堅く、よほどのことが無ければ体を許さない。

まして積極的に求めるとなれば、それこそぞっこんということだ。

「そ、その、はしたないかもしれませんが……どきっとしちゃいました」

エルフはかなりの美形ぞろいであるが、今のソシエはさらに美しい。

ただ容姿端麗の、年頃の乙女というだけではない。

懸想《けそう》している男性に甘える表情や仕草が、より一層の魅力を引き出している。

「おいソシエ、場所を考えろ。ここは露天市だぞ」

とろけた顔になったソシエの頭を、ガイカクは指で小突く。

彼はあくまでも冷静であり、良識のある返事をする。

「物を買っている最中に、夜の話はするな。安い女だとは、思われたくないだろう」

「……はい！」

ソシエはいつも以上にガイカクへ距離を詰めて、露天市を歩き始める。

精いっぱいのアプローチへ冷めた対応をされたにもかかわらず、彼女はとても幸せそうであった。

4

さて、騎士団である。

これは騎士団長と数名の正騎士《せいきし》、百名ほどの従騎士《じゅうきし》からなる集団である。従騎士の段階で、既に精鋭と言っていいだろう。基本的に人間だけで構成されており、優れた資質と鍛錬を超えたものだけがなることを許されている。

正騎士および騎士団長は、各種族のエリートばかりで構成されている。精鋭とされる従騎士と比べてさえ抜きんでる強者であり、一般に騎士とはこれらを呼ぶのだ。

ではそれらを束ねる騎士総長《きしそうちょう》はどうかというと、これは人間種のエリートだけと決まっている。

如何《いか》に広く門を開いているとはいえ、他種族にエリートの長《おさ》を任せるのは良くないということだろう。

そして今代の騎士総長は、ティストリアという女性である。

人間種のエリートである彼女は、人間の美点とされる能力値がすべて高い。

その腕力は大抵のオーガをはるかに超え、そのスピードは大抵の獣人をはるかに超え、その魔力は大抵のエルフをはるかに超える。

そして……その美貌、魅力もまた、常人の十倍、二十倍に達しているという。これについては数値化できないためあくまでも噂《うわさ》なのだが、実際に見た者たちはそれでも足りないと言い切る。

そのティストリアが、ボリック伯爵の元へ訪れていた。

当然公的に訪れたのであり、パレードが催され、人類最高峰の美貌を見るために多くの見物客でごった返した。

遠くから見ても美しく、近くで見れば目がつぶれる。それほどの美しい女性が『あのデブ』の元に訪れたというのだから、誰もが酒の肴《さかな》にしていた。

誰もがこういうのだ……。あんな男でも、強ければ会えるのだなあ、と。

「どうも初めまして、ボリック伯爵様。私が騎士総長のティストリアです」

金色の髪に、銀色の目、白い肌、細い手足、豊満な胴体。

これが人類最強の女性の肉体と言われても納得しにくいだろうが、美しさに関しては誰も文句を言うまい。

その彼女はボリック伯爵の執務室で、彼とその妻、跡取り息子に会っていた。

彼女の傍《そば》には騎士総長お付きの正騎士、彼女と同等の実力を持つ人間の男性が数名控えている。

彼らもまた精悍《せいかん》な美男子なのだが、ボリック伯爵とその家族はまるで目に入らなかった。それほどに、ティストリアが美しかったのである。

ボリック伯爵と、その彼によく似ている息子は、当然見惚《みほ》れていた。彼女に会えただけで、生まれてきてよかったと思うほどだ。

ボリックの妻はそれに目くじらを立てるかと思えば、まったくそんなことはない。同性愛の趣味を持たぬ彼女をして、あの女性に抱かれたいと思ってしまっていた。

「……さて」

人によっては、そう見られることを不快に思うだろう。

実際のところ彼女に従う正騎士たちは、ボリック一家が鼻の下を伸ばしている顔を見て、心底から不愉快そうにしていた。

だがティストリアからすれば、大したことではない。もはや彼女にとって日常的なことであり、むしろ『人間とはこういう顔だ』と思ってさえいる。

だからこそ、あくまでも事務的に話を進めていた。その事務的な振る舞いでさえも、周囲を魅了してしまうのだが。

「ボリック伯爵、この度は私どもの要請に応じてくださり、正騎士になってくださるとか……伯爵という重責を負う身でありながら、この願いを受けてくださりありがとうございます」

そのティストリアから直接感謝の言葉をもらった。もはやボリックは、天にも召されそうな心持ちであった。

「わ、私の息子はもう領主の座に就けるだけの器量を持っております。なので今後は息子に領主の座を譲り、私は騎士として国家に貢献しようかと……」

「貴人として、素晴らしい心がけです。貴方《あなた》こそ、真の貴族でしょう」

「おお、もったいないお言葉……」

ボリックは歓喜の涙を流し、彼の妻と息子も同じように泣いていた。

そうして喜ぶ一家へ、ティストリアは一応の念押しをする。

「さて……騎士として立つことを受けてくださった貴方に対しては、この質問は侮辱に聞こえるかもしれません。ですが儀礼として確認させていただきます」

「はっ……！」

「これまでの貴方は騎士団に守られる立場であり、騎士団に助けを乞う側でした。ですがこれからは騎士団に入り、守る側であり助ける側となるのです。そして……この年若い私の、部下になるということでもある」

彼女はあくまでも真面目に、一切色気を出す気のない顔で、ボリックへ問う。

「私の命令に従い、命を捨てる覚悟はおありですか」

この問いに、否《いな》と言えるものがいるだろうか。ボリックは顔を引き締めて、決然と応じる。

「はい、お任せを！」

その言葉を聞いて、ティストリアの傍に立つ騎士たちの表情が曇った。それこそ、軽蔑に近い。どう見ても、新しい仲間に向けるものではない。

だがしかし、それにボリック伯爵は気付くことはなかった。

「これより貴方は騎士、私の部下となります。ではボリック卿《きょう》、最初の命令を下します」

「はい、なんなりと！」

ボリック伯爵……否、騎士ボリック卿の脳内では、華々しい騎士としての任務をこなす自分が描かれていた。

なにせ最初の任務である。王都へ呼ばれて名誉ある式に招かれ、そこで正式な受勲を受けるに違いない。

これを愚かとは、誰も思うまい。なぜなら彼の妻も息子も、同じような考えを抱いていたのだから。

普通はそうなのだ、普通は。だがしかし、そもそも……ボリック卿自身が、『普通の騎士』ではなかったのだ。

「貴方の力量を確認します。私が切りかかりますので、それを受け止めなさい」

「はっ！　は……？」

「安心しなさい、手加減はします。貴方に噂通りの力量があれば、防ぐことはたやすいはず。ああ……奥様と次の伯爵殿は、少し下がってください。少々手荒になりますので」

ティストリアは表情一つ変えずに、腰に下げていた剣を抜いた。

それは彼女の姿にふさわしくない幅広の剣であり、その剣の表面にはとても線の太い、複雑な魔法陣が刻まれていた。

超一流の魔導士《まどうし》が長い年月をかけて作った、国宝級の宝剣。それを彼女は、高々と掲げたのである。

「お、お待ちください……ティストリア様……な、なにゆえ？」

「私は武人たちの長……部下の力量は、自分の目で確かめることにしています。先ほども言いましたが全力は出しませんので、戯《たわむ》れと思って気楽に受け止めてください」

「て、手加減ということですが！　ど、どの程度の手加減でしょうか！」

ここに来て、ボリック卿は血相を変えた。

最初は下心丸出しの顔をしていて、ついさっきは精悍な顔をしていたが、今は青ざめて汗だらけになっている。

「そうですね……仮に貴方が一般人だとして、無防備にくらった場合……即死は免《まぬが》れますが、手の施しようのないほどの重傷を負い、意識を失うこともできず、長く苦しんで絶命する。その程度の力で斬ります」

剣を振りかぶってなお、彼女は美しかった。

だがその言葉は、あまりにも残酷だった。

(この言い回し……バレている！　いや、そうでなくとも、疑ってはいる！　確かめようと思われている！)

騎士ボリック卿は、思わず失禁するところだった。

できるだけ考えないようにしていた、起きたらどうしようもない、最悪の事態がまさに起きてしまったのだ。

「ティストリア様……！」

「聞けば貴方は、呪文を詠唱せず、魔法陣も展開せず、汗一つかかずに大魔術を行使できるとか……楽しみです」

「お、お待ちください！」

まさに、醜態だった。

ついさきほどまで言っていた美辞麗句は虚飾に過ぎず、ありのままの彼との落差は甚だしかった。

命を懸けるかと聞かれて二つ返事をした男とは思えないほど、見苦しく頭を下げて許しを乞うていた。

「……わ、私は……！」

「どうしました、今斬ってもいいのですか」

「お、お許しを……！」

仮に彼女が普通の女子で、普通の鉄の剣をなんとか振りかぶっているだけだとしても、それでも切りかかられたらボリック卿は大けがをする。

ましてや人類最高値を誇る彼女が相手なら、それこそ彼女が脅しめいて言ったとおりになるだろう。

彼はもはや、絶対にバレたくなかったこと、隠し通そうとしたことを明かすしかなかった。

「アレは、手品なのです！」

「ほう、手品」

「ええ、種も仕掛けもある、奇術なのでございます！」

いや、彼はこの期《ご》に及んでも、一番肝心なところは隠していた。

それさえ隠していれば、まだ騎士でいられると考えるがゆえに。

「ゆえに、アレには入念な準備が必要でして……」

「魔術ではなく、奇術、手品……そうでしたか」

「失望、なさりましたか」

「いえ、まったく」

ティストリアは、まだ剣を掲げたままだった。

その剣を掲げて微動だにしないだけでも、彼女の肉体の強さは明らかであり……。彼女がまだ殺意を保っている証明である。

「私の元部下……エリートエルフのアヴィオール。どんな手品であれ、彼を討ち取ったことは事実。ならばそれはそれで、十分に騎士の資格があります」

「お、おお……なんと寛大な……己の卑小さを恥じるあまり、隠そうとした己が情けなく思います。これならば最初から話すべきでした……」

ボリック卿は、乗り切ったと思った。

いささか情けないが、手品師として騎士になれるはずだった。

「では、その種と仕掛けを明かしてもらいましょうか」

「……は？」

「まさか私に言えないと？」

「……そ、それは」

「どのような準備が必要なのか、事細かに報告しなさい。貴方は私の部下なのですから、当然でしょう。私は上司として、貴方に何を支給しなければならないのか、把握しなければなりませんので」

だがしかし、彼女は『まとも』だった。実に理路整然と、当然のことを聞く。

彼女が観客なら断ることもできたが、上司なのだから答えないわけにはいかない。

そしてそれこそが、彼が一番、絶対に、何が何でも言いたくなかった、認めたくなかった……己の口から言いたくなかったことだった。

家族の前だとか、騎士総長《きしそうちょう》の前だとか、そういう問題ではないのだ。なんであれば、独り言でも、心の中でも発声しなかったことだ。

だがしかし、それは……。本当は、わかっていたことなのだ。真実だからこそ、認めたくなかったのだ。

「わ、私は……私が手品をするときは……！」

ここで、手品の種と仕掛けを説明できるのなら、こんな楽な話はなかった。

だが彼には、それはできなかった。なぜなら彼は、何も知らずに注文するだけだったのだから。

「ひ、人に命じておりました……」

彼の回答には、まだ自尊心があった。自分を守ろうとして、言葉を選んだのだ。

「そうですか、では貴方は……」

だがその防御は、あまりにもささやかだった。

「何もしていないのですね？」

絶対的な存在である彼女の問いに、答えるしかなかった。

「……はい」

ただイエスということの、なんと苦しいことか。

今日この状況でなければ、何があっても言わなかったであろう言葉だった。

自分が無能だと認めるなど、貴人の前で明かすなど、それこそ自分の命がかかっていなければありえなかった。

「そうですか、ではその『手品師』を呼びなさい。それが貴方の、騎士として最後の仕事です」

「……！」

「返事は？」

「はい……！」

これ以上に、絞り出しようのない、絞るだけ絞った言葉だった。

もはやボリック卿の脂ぎった体には、一滴の精根も残っていない。

5

違法魔導士であるガイカク・ヒクメがボリック伯爵の城を訪れたのは、公的にはティストリアが去って十日後のことだった。

雇用主である伯爵のことをそこまでバカではないと信じていた彼は、何も疑わずに伯爵の元へ向かった。

いつものように誰もいない裏口から入り、誰もいない裏道を通って、こそこそと彼の私室へ入った。

もしも彼が普通の通路を、城の人々がいるところを通っていれば、城の雰囲気が怪しいことを察して逃げられたのかもしれない。

しかし彼は普段通りに入ってしまったため……肝心のティストリアがいる、伯爵の執務室まで来てしまったのだった。

「キヒヒヒ……伯爵様、ご機嫌麗しゅう……うるわ……は？」

フードをかぶったままで顔の見えないガイカクは、それでもわかるほどに驚いていた。

わざとらしいほど背を曲げていた彼は、腰を抜かして床に座ってしまったのだ。

「貴方《あなた》がガイカク・ヒクメですね？　私はティストリア、この国の騎士総長です」

執務室には、ボリック卿《きょう》もいた。絨毯《じゅうたん》の敷かれている部屋に、そのまま正座させられていた。いつもと違って、縮こまっていた。

だからこそ、ガイカクが見たのはティストリアだった。圧倒的な存在感を持つ、美の女神のごとき女騎士。その姿を見ただけで、ガイカクはすべてを悟った。

「こ、このデブ！　ここまでバカだったのか⁉」

思わず、思ったことが口から出ていた。

それはそのまま、同じ部屋にいるボリック伯爵の耳にも入っていた。

「貴様……！」

思わず、怒りが燃えた。この高貴なる自分が直接命令してやっていたにもかかわらず、その大恩を忘れての暴言だった。

それこそ、殺されても文句が言えないほどの不敬であった。

「同感ですね、私も同じ気持ちです」

だがしかし、ここにはティストリアがいた。

彼女が賛同してしまえば、ボリック卿は何も言えなくなってしまう。

「一応言っておきますが……貴方たちが、手品で領民を欺いたこと……それは気にしていません」

彼女はあえて、理解を示した。

ボリックが自尊心を満たすために行った茶番を、正しいと認めたのだ。

「見栄《みえ》を張るのも、貴族の仕事。弱い領主に対して不安を感じる領民もいるでしょうし、偽物《にせもの》であれ力を誇示するのは悪ではない」

一々目くじらをたてることではない、と彼女は認めた。まあ実際、悪事というには可愛《かわい》いものだった。

「加えて……貴方にアヴィオールの討伐を命じたことも、特に怒っていません。領主が配下に賊の退治を命じるなど、ごく普通のことです」

彼女は改めて、何を問題視しているのかを強調する。

いや、問題は最初から一つだけだ。

「問題なのは、自分が騎士になると言ったこと。私を前にして、さも自分に実力があるかのように振る舞ったこと。それも……自分の命が危うくなるまで、口にしなかったこと。

それだけです」

（まったくだ……！）

　ガイカクは、心の底から賛同していた。

　それさえしなければ、ティストリアも本気で調べようとはしなかったし、黙っていても怒ることはなかったはずだ。

「せめて自分から言えば、ここまでのことはしませんでした。ですが……信頼できないということはわかりました」

「お許しを……！」

「許しません」

　ティストリアは、もう見る価値もないとばかりに、ボリック卿から視線を切った。

　そして、ガイカクを見つめる。

　美しいが、それ以上に威圧感を受ける。人間のエリートが放つ圧倒的な存在感に、ガイカクは腰を抜かしたまま震えた。

「貴方自身はただのメッセンジャーかもしれませんが、あえて言いましょう。私は貴方を高く評価しています」

「こ、光栄です……！」

「貴方が討ち取ったアヴィオールの実力は、上官である私も知るところ。もしも正規の騎士団を送れば、一人二人は道連れにされたかもしれません。それを貴方は討ち取り、なおかつその後も小さな仕事をこなしていった……それを有能と言わず、なんというのか」

ボリック卿は、震えていた。

彼女からの称賛は、本来なら自分が受けるはずだった。にもかかわらず、どこの馬の骨とも知れぬ、無作法にも絨毯の上にしりもちをついている男に向けられている。

耐えがたい屈辱であり、嫉妬だった。分不相応にもほどがあった。

だがそれは、彼の基準、彼一人の基準に過ぎない。それも、彼の自尊心を守るためだけの基準である。

「本来であれば、私が出向くべきでした。あの討伐依頼も……半分は注意喚起に近かった。元騎士のエリートエルフが賊として領地にいると知れば、うかつな動きを抑えられるかと……結果は貴方の知るところですが」

ティストリアの評価こそが、適切であった。

「話が長くなりましたね、ガイカク・ヒクメ。騎士総長である私は、貴方を勧誘します」

彼女は騎士総長として、正式な勧誘をしていた。

「わ、わたしめを、騎士に⁉」

ガイカクは、素でおののいていた。

まったく望んでいなかった、なんなら恐れていた事態に驚嘆している。

「いえ、騎士団長です」

だがしかし、現実はそれを超えていった。

「はああ⁉」

「はああ⁉」

ここで、ボリック伯爵とガイカクの反応が同期した。

二人の心は、ここに一つとなったのだ。

「わ、私でさえ、騎士に勧誘されただけだというのに……この怪しい男が騎士団長⁉　意味がわかりませぬ！　お考え直しを！」

「まったくこのデブ伯爵のいう通り！　俺が騎士団長とか、意味不明すぎる！」

二人とも混乱しすぎて、口調がめちゃくちゃになっていた。

その混乱を、ティストリアは受け入れる。こう提案すれば、そうなるとわかっていたのだ。

「ボリック卿、お静かに」

ガイカクが何を言っても許すが、ボリックの発言は許さない。

ティストリアははっきりと、ボリックだけを黙らせた。

「正直に実情を明かしていれば、貴方を騎士団の長《おさ》にしてもよかった。そのチャンスを不意にしたのは、貴方自身の愚かさです」

「そんな……」

正直に話していれば、騎士団長になれた。その事実を知って、彼はさらに呆然《ぼうぜん》とする。

地獄の底に落ちたと思ったら、さらなる下に落ちた気分であった。

「ガイカク・ヒクメ。貴方の実績は疑うものではありませんが、さすがに一人でやったとは考えにくい。そしてその手法も……手品、という表現が適切なのでしょう。深い詮索はしませんが、表に出せない何かがあると見ました」

（その通りだけども……！）

「ならば既存の騎士団へ組み入れるよりも、貴方の組織をそのまま騎士団として昇格させる方がいいと判断します」

後ろめたいところがあるとわかったうえで、彼女はガイカクを、ガイカクたちを勧誘していた。

それはそれで、清濁併せ吞《の》む、偉い人の傲慢さであった。

「具体的に言えば、『貴方たち』へ公的な任務をいくつか課し、それを達成した後に騎士団として召し上げるという形になるでしょう。もちろん強制はできません、断ってもかまいません」

それは、イエスだけを聞きたい、傲慢な質問である。

「しかし断った場合、あるいは任務に失敗した際には、騎士団として貴方を正式に調べます。それがどの程度の意味を持つかは、貴方が知るところでしょうね」

それに対してガイカクは、何とか言葉を選んだ。

「……一度、持ち帰ってもよろしいでしょうか」

「ええ、かまいません。持ち帰って相談してください」

拒否は許されないが、熟慮は許可された。

そう、拒否が許されないうえで、熟慮だけが許されたのだった。

# 第五章　栄光への一歩

## 1

ガイカクを一旦帰らせたティストリアは、いくつかの事務仕事を終えた後、ボリック伯爵の屋敷《やしき》で『湯あみ』を始めた。

当然ながら、『仕事としての寝技』や『私事の情事』の準備を始めたわけではない。ごく普通に、体の清潔さを保つためである。

だがそれでも、彼女が浴室に行くというだけで、彼女直属の騎士たちは厳戒態勢に入っていた。

人類最高の美貌を持つ彼女が、無防備な姿になるのである。その姿を見たいと思う輩《やから》は、異様なほど多い。

そうした輩からティストリアを守るため、直属の騎士たちはまさに厳戒態勢を取っていた。

それこそ王族の湯あみを守るかのように、風呂《ふろ》場の外には男性の騎士たちが完全武装で整列しており、浴室の中では女性の従騎士《じゅうきし》がつきそっている。

そう、騎士総長《きしそうちょう》であるティストリアの身の回りの世話をすることも、騎士総長直属の従騎士の務めである。

世界最高の美女の湯あみの姿を間近で見て、更に直接触ることが許される。

そんな誰もが羨む『仕事』がこの世にあり、その幸運を得ているという現実。

さりながら、それを役得と思う者に、この仕事は勤まらない。彼女の体を清める彼女らは、まったく私情のない顔をしていた。

「ティストリア様。今回の件は、やはり我らとしては賛同いたしかねます」

「そう思いますか」

「ええ、あのように出自のわからぬものを『騎士団』として召し抱えるなど……リスクが高すぎます」

女神の生まれ変わりと言われても信じられる、ティストリアの体。それへ湯をかけ、石鹸《せっけん》で泡立てた布でぬぐっていく従騎士たち。

湯あみというリラックスできる時間でありながら、己の主《あるじ》へ仕事の話をしていた。それも、反対意見という厳しいものである。

一切の化粧も装飾品もない、生のままの、しかし最高の美貌。それを触りながらも、彼女の方針へ口を挟むという『もったいない』ことをしていた。

だが仕方ないことと言える。今回の件でもっともリスクを背負ったのは、ガイカクではなくティストリアである。もしもの時には彼女の輝かしい経歴に傷がつき、その評価は大いに下がるだろう。

それを一番心配しているのは、騎士総長付きの騎士たちである。

その代表として、従騎士たちは苦言を呈したのだ。

「いくらアヴィオールを倒した者たちとはいえ……正直に申し上げて、納得しかねます」

「騎士という形ならば、わからないでもないのです。ですが騎士団長……騎士団そのものを籍として用意するなど限度を超えています」

「もしもの時は、ティストリア様の経歴に傷が……」

従騎士たちは、誰もが美しい乙女であった。

その乙女たちからティストリアが奉仕を受けるさまは、まさに一枚の絵画。

劇の一幕のような状態で、彼女はなんと口にするのか。

「皆の気持ちは嬉《うれ》しく思っています。しかし、そもそも私は自分自身にそこまで魅力を感じていないのです」

謙虚を通り越して、もはや嫌味にさえ聞こえる彼女の返事。それを聞いて、従騎士たちは黙った。ここで『私は私が大好きなの』と言われても困るが、自分が好きでもないと言われても困る。

ある意味立派な人物だろうが、だからこそ保身も考えてほしかった。

「ですが……そもそも彼らは信用に値するのですか？　現場でなにかの失態……いえ、蛮行を働けば、貴方《あなた》が責任を取ったところで……」

従騎士の一人が、当然の懸念《けねん》を口にする。

ただ任務を失敗しただけならまだいい（よくない）が、乱暴狼藉《ろうぜき》をはたらけば大問題となる。彼女が辞めたところで、被害者が出た事実は変わらない。

「私は貴方たち直属の騎士へ、格段の信頼を置いています。貴方たちが調べた限りにおいて、このボリック伯爵領では、そのような記録はありませんでした」

しかしそれに対して、ティストリアは理路整然とした返答をする。

「であれば、私はそれを疑いません。彼、あるいは彼らは貴族の私兵として、分を弁《わきま》えた行動のできる集団であると認識しています」

まったく熱を込めていない信頼は、しかしだからこそゆるぎのないものであった。

これには、従騎士たちも黙らざるを得ない。なにせ彼女は自分たちの集めた情報を元に判断しているのだから、これに文句を言えば自分たちの集めた情報に信頼性がないということになる。

「それに……正直、私にも想像ができないのよ。彼が披露したという『手品』のしかけが」

今まで感情らしい感情を見せなかった彼女は、ここで感情を見せた。

不思議だ、わからない、という感情である。

「貴方たちは思いつく？　どんな仕掛けがあるのか、想像できる？」

「いえ……実際に見れば想像できるかもしれませんが……今はまったく」

「でしょうね……凄《すご》い手品だわ」

手品ショーは、この世界にも存在する。

それは当然、客も『これは種も仕掛けもある』とわかって来ており、なんであれば『トリックを見抜いてやろう』と思っている客もいるはず。

それでも欺く、見抜かせないのが手品というもの。であればガイカクの『それ』は、手品と呼んで差し支えない。これは貶《おとし》めているのではなく、褒めているのである。

「その分野においては、私を凌駕《りょうが》する天才でしょうね」

「……それはほめ過ぎでは」

人間の万能さをさらに伸ばしているティストリアを、一分野とはいえ同じ人間が超えている。

従騎士はそんなことはありえないと否定するが、彼女は期待を隠そうともしなかった。

「そうかもしれませんが……期待はできるでしょう」

すう、と彼女は立ちあがった。そして備え付けの湯船に、ゆっくりと体をつけていく。

ごく自然な現象として、彼女の体温は上がり、顔色は赤くなった。

「……ティストリア様、湯加減の方はいかがですか」

もはや説得は不可能。そう悟った従騎士は、彼女の湯あみを補佐する、という仕事へと話題を切り替えた。

「とてもよい湯加減です」

彼女は、それに対してやはりたんぱくに答えるのみであった。

2

ガイカクはふらふらと歩きながら、城の外へ出た。そのおぼつかない足取りで表に出て、そのままへたり込む。

外で待機していたソシエは、それを見て驚愕《きょうがく》した。

「ど、どうしたんですか、先生！」

「……俺の存在が、騎士団にバレた」

接待する時を除けば、いつでも自信満々なガイカク。

その彼が腰を抜かしたので何事かと思っていたら、想像以上にとんでもない事態に突入していた。

否《いな》、想像しうる限り、最悪と言っていい。

「わ、私たち二十人の砲兵隊《エルフ》、全員を合わせた分以上の魔力を持つ、あのエリートエルフみたいなのがごろごろいる、あの騎士団にですか⁉」

「その、騎士団だ……」

なまじ一人を討ち取ったからこそ、その戦力を把握できる。

ソシエが悲鳴をあげたのも、当然と言えるだろう。

「お前の想定していた通り、あのデブが騎士団に入る話を受けたそうだ」

「えええ⁉」

「実力を疑われて試されて、そのままバレて、俺のことを吐いたらしい」

「えええ⁉」

収まるべきところに収まった、と言うことだろう。最悪の事態ではあるが、まあそうなるな、と納得するしかない。

「そんな……え、あの？　じゃあなんで先生は解放されているんですか？」

「……デブの私兵である俺の組織を、そのまま騎士団として雇用したいらしい。拒否すれば本格的な捜査開始……だそうだ」

本来なら問答無用で逮捕され、厳しい取り調べを受けかねないが、彼にはまだ悪運があった。悪事の尻尾をつかんだのが、騎士総長ティストリアだったことである。

彼女はガイカクに利用価値を見出《みいだ》しており、深く詮索しないことと引き換えに戦力になることを求めてきた。

つまりうまくすれば、今までと同じ立場が維持できる。好き勝手に兵器の研究ができる、実践ができる環境を保てるのだ。

これについては、伯爵の妄想とは違う。明確に、ティストリアから保証されたことだった。

「す、すごいじゃないですか、先生！　先生は騎士団長に、私たちは騎士ってことですよね！　ああ、すごい！　故郷の森でも憧れだった騎士に、私たちみたいな、親に売られた奴隷がなれるなんて！　受けましょうよ、先生！　断ったら逮捕されるんですし！」

これにはソシエも、普段と同じように、否、普段以上に興奮していた。

「騎士になれるんなら、私なんでもしますよ！　それはもう、命だってかけちゃいます！」

「で、お前も『実力を確かめさせていただきます』って言われたらどうするんだ」

「あ……」

今まさに、ボリック伯爵の犯した愚かしさを再演するソシエ。

エルフであれ人間であれ、自分が騎士になれるとわかれば、冷静さを欠いてしまうらしい。

「まあそういう試験をしないとしても、実績は求められている。俺たちはこれから、他の騎士団と同じ働きをしないといけない。それこそお前が言うように、この間のエリートエルフみたいなのがゴロゴロいる騎士団と、同じレベルの仕事をこなすことになる」

「……無理じゃないですかね」

どんな仕事が来るのか想像できないが、自分たちでは適《かな》わないことだけは明らかだった。

「ちなみに、断って捜査された場合、どうなりますか？」

「俺も死刑、お前らも死刑」

「……私たちって、そんなにヤバいことをしていたんですか」

ガイカクはしきりに違法行為だと言っていたが、問答無用で死刑になるほどのことだとはソシエも思っていなかった。

「……引く道がない以上、進むしかないな」

へたり込んでいたのは、ほんの数分だけ。ガイカクは覚悟を決めて、立ち上がった。

「断れば死ぬ、今の戦力では騎士団の仕事が勤まらない。それなら戦力を補強するしかないな」

「……戦力、ですか」

「今から新しい奴隷を買って、新しく道具を作って訓練を施す、というのは現実的じゃない。人間の傭兵を雇用するぞ」

ガイカクの決断は速やかだった。

言葉にすると同時に、ソシエを伴って歩き出す。だがソシエは、その決断についていけなかった。

「先生のおっしゃることはもっともだと思います。今すぐ用意できる戦力なんて、人間の傭兵《ようへい》ぐらいでしょう。でも……そこまで当てにできるんですか？」

ここが人間の国であるのだから、人間の傭兵は用意しやすい。戦いのプロなのだから、即戦力になってくれるだろう。

しかし人間と言えば平均的な性能で、突出した戦闘能力を持つわけではない。しかも傭兵なのだから、騎士やら精鋭のように、図抜けた力はないはずだ。

それこそ、先日討ち取った脱走兵と大差ないはずである。それがたくさん仲間になっても、特に何かが変わるとは思えなかった。

そう疑問に思っても不思議ではないが、それはソシエが素人《しろうと》だからに過ぎない。

「出来る。砲兵《エルフ》、重装歩兵《オーガ》、擲弾兵《じゅうじん》、夜間偵察兵《ダークエルフ》に、傭兵《にんげん》が加われば……戦力は十倍にまで膨れ上がる。もちろん、それなりの数は必要だがな」

「そ、そこまでですか?」

「人間の傭兵はな、ただ立っているだけでも価値があるんだ。とにかく急ぐぞ、一刻も早く都合しないと……!」

傭兵の斡旋《あっせん》所、というのはこの国において比較的ポピュラーである。

道中の安全やら町と町のいさかいやら、あるいは臨時の警備など。必要な時だけ武力を求める者は多い。

よって傭兵の斡旋所というのは、大きな町なら大抵ある。城下町ならば、なおのことだ。

ガイカクはこの城下町によく訪れるため、その場所は知っていた。とはいえ、実際に入るのは初めてだったのだが。

ガイカクはソシエを伴い、急ぎ足でそこへ向かった。

「失礼する！　まだ斡旋所は営業中か？」

かなり大きめの酒場、という雰囲気の、二階建ての建物。

そこに入ったガイカクは、ドアを開けて早々に叫んでいた。その後ろから、とことこと
ソシエもついてくる。

彼は内部の状況を把握する時間も惜しいとばかりに、職員らしい男性へ話しかける。一方でソシエは、傭兵の多くいる場所と思って少し警戒しているようだった。

「すまない、早急に傭兵が必要になった。多ければ多いほどいいんだが、今都合のつく傭兵はいるか？　現金を持ってきた、今すぐに契約したい」

ガイカクが話しかけた職員の男性は、それこそ元傭兵と思われるような、腕の太い、体格のいい男性だった。

その彼は、ガイカクの話を聞いて、なぜかものすごく驚いている。

早急に傭兵が必要だ、という客などさほど珍しくもないはずだが、目を真ん丸にしている。

「あ、ああ……一組だけ、傭兵団がいる」

「一組？　まあいい、その傭兵団はどこに……？」

職員の男性は、びっくりしたまま、斡旋所内の小さなテーブルを指さした。

ガイカクとソシエがそこを見ると、縮こまった様子の、体格のいい女性が数名。そしてそれを包囲する、お世辞にも体格の良くない男性たちがいた。

そろって、ガイカクを見つめている。信じられないものを見た、という顔だった。

「……失礼だが、傭兵というのは彼女たちか？」

「ああ、アマゾネスっていう傭兵団だ」

「神話で語られる、高名な女戦士の一族だな。その名前を冠している割に、縮こまっているが……というか、なぜ男性に囲まれている？」

「……あいつらは、借金取りなんでさあ」

なぜ斡旋所にいた面々が、こうも目を丸くしているのか。

その理由を、男性職員は順序良く話し始める。

「まあ……女性の傭兵なんてのは、戦場じゃあセクハラの対象でしてねえ。戦える娼婦《しょうふ》、みたいな扱いも受けるんですよ」

「……まあそういうこともあるだろうな」

「それが嫌な奴《やつ》らが集まって、アマゾネスっていう女性だけの傭兵団を作ったんです」

「結構なことだが……？」

「奴らは『たとえ客でもセクハラには毅然《きぜん》と対応する！』なんて言ってましてね……その

上無駄に人数も膨れ上がったもんだから、仕事も回ってこなくて……」

意識の高い女傭兵で構成された、アマゾネス傭兵団。

なるほど有名になるだろうが、仕事が回ってくるかは別の話だ。

抜きんでた実力者でもいれば話は違うだろうが、そうでもなさそうである。

「で、食い扶持《ぶち》のために借金まみれと」

「……どれぐらいだ？」

「これぐらいで」

「……思ったよりは、少ないな」

「いやいや……これ以上貸せないって話ですよ」

金貸しという職業は、金を返してもらって初めて商売が成立する。

よって、金を返せる者なら多めに貸すが、返せそうにない者にはそんなに貸さない。

商売なのだから、当たり前である。

「で、今日が最終日。今日返せなかったら、奴隷として鉱山に売り飛ばされるってわけで」

「典型的な起業の失敗だな……」

「まあ、腕は確かなんですがね。経営がちょっとね、下手でねえ……」

ガイカクとソシエはようやく納得した。

要するに彼女たちは、そして彼女たちの仲間たちは、この斡旋所の営業が終了すると同時に奴隷になるはずだったのである。

借金取りに囲まれながら、藁《わら》にもすがる思いで待っていたところ……できるだけ大勢の傭兵を雇いたい、即金で支払うという客が来たのだ。

あまりのご都合主義に、全員がびっくりしたのである。

「アマゾネスの人数は？」

「百人です」

「……こっちとしてはありがたいが、本当に無駄に多いな」

「俺も最初は少なめにして、軌道に乗ったら多くしろってアドバイスしたんですがね」

「まあ、いい。こっちは大急ぎで準備しないといけないんだ、即金で雇おう」

ガイカクは懐《ふところ》から大金の入った袋を出そうとして……。

「ちょ、ちょっと待ってもらおうか！」

なぜか、アマゾネスの代表らしき女性が、待ったをかけた。

万が一にも断られたら、彼女たちこそが困るはず。なのに待ったをかけたのだから、関係者全員が呆然《ぼうぜん》である。

「私はアマゾネスの団長、アマルティア！　既に斡旋所の所長が言ったと思うが……」

彼女は窮地にありながら、啖呵《たんか》を切ろうとしていた。

つまりこの状況でも、選《え》り好みをしようとしていて……理想に合わないなら断ろうとしているのだ。

「私たちは志高き傭兵団！　素寒貧でも体は……」

武士は食わねど高楊枝《たかようじ》。

演説を始めた意識高い系傭兵の姿に、一同呆《あき》れるが……。

「団長！　そんなことを言ってる場合じゃないでしょうが！」

「少しは考えて物を言いなさいよ！」

「部下のためなら純潔でもなんでも差し出すのが団長の仕事でしょうが！」

「この能無し！」

彼女の仲間、部下であろう女傭兵たちが叫ぶ。

「……ああ、そのなんだ。こっちとしても、借金を全額返してもらえれば、そっちの方がありがたいんだが」

「お前らを売り払うのも、それなりに手間だしなあ……」

「悪いこと言わねえから、もうあの兄ちゃんに雇われな。それがみんなのためだ」

「お前経営のセンスねえよ」

　借金取りたちも、呆れつつ諌《いさ》めた。

「……」

　アマゾネスの団長アマルティアは、ほぼ全員から怒られて、しょぼくれていた。

　その姿を見て、ガイカクは呆れる。呆れたうえで、確認をする。

「この俺、ガイカク・ヒクメがお前たちアマゾネス傭兵団を雇用する。人間の女傭兵百人、確かに雇わせてもらう」

「……わかりました」

「俺の手持ちの金で、お前たちの借金は返せる。それは結構なんだが……」

　割と基本的なことを、彼は聞いた。

「借金返済で俺からの報酬を使い切る形になるだろう。その場合、お前たちの食い扶持はどうするんだ？」

「えっ……」

　報酬を全部借金返済に充《あ》てたら、生活費が残らない。当たり前の話である。だがその当たり前に、アマゾネスの団長アマルティアは考えが至らなかったようだ。

　アマゾネスの団長は、ちらちらと周囲の借金取りを見た。

「あの……返したので、また借りられますか……」

「ヤダよ」

「……どうしよう」

今度は斡旋所の所長を見る。

「あの、所長さん……報酬を多めにもらうことってできますかね？　交渉で……」

「通常の倍ぐらいよこせってか？　お前らそれが通るとでも？」

「……ダメか」

奇跡が起きてなお、アマゾネスの未来は暗かった。

それでも希望を探そうとして、アマルティアはガイカクにも確認する。

「あの……ガイカク・ヒクメ様。雇っている間、衣食住の面倒を見てくださいますか？」

「その場合、報酬減らすけどいいか？」

「……それだと借金返せない」

（やっぱコイツ経営のセンスがないな……いや、センス以前か……）

単純な算数もできていない傭兵《ようへい》。

それを見てガイカクは嘆くが……。

（よく考えたら、人のことを心配している場合じゃなかったな）

自分の状況を思い出して、考えを改めた。ガイカクにとっても彼女らこそ最後の希望なのだから、このまま話がこじれても困るのだ。

「……よし、じゃあまず俺がお前たちの借金を肩代わりしよう。その代わり俺へ身売りする形にして、戦奴の身分になってもらう。それでいいなら、生活の面倒を見よう」

戦奴といえば、戦う奴隷である。結局身分を売る形になって、アマルティアは露骨に落ち込んでいた。

「……三食ちゃんと食べられますか？」

「命がけで働いてもらうんだから、そこは保証する」

ガイカクの譲歩を聞いて、所長は安堵《あんど》のため息をつきながら手を叩《たた》いた。

「その条件が妥当だな……契約書も作っておくから、ちゃんと署名しろよ」

「ふぁい……」

「お前ら、マジで感謝しろよ？　こんなお前らに命を預けてくださるんだから、不義理な真似《まね》するなよ。ほら、団長なら頭下げろや」

斡旋《あっせん》所の所長としても、傭兵を鉱山労働に落としたいわけでもない。

彼は彼女の頭をつかんで、机に叩きつけつつ、自分も頭を下げていた。

（早まったかもしれん……）

よく考えたらこいつに命預けるんだなあ、と思ったガイカク。

彼はちょっと後悔していた。

3

ガイカクと斡旋所の所長、そしてアマゾネス傭兵団の契約が成立した後、傭兵の斡旋所に他のアマゾネスの団員が集まってきた。

一時借金取りたちに確保されていた彼女らは、解放されたことに興奮しているようだった。

「団長！　聞きましたよ、私たちは鉱山奴隷にならずに済んだんですね！」

「奇跡が起きたんだ……奴隷にならなくて済んだんだ！」

「傭兵として働けるんですね！　よかった〜〜！　皆ほっとしてますよ！」

そのように嬉《うれ》しそうにしている一般団員たちへ、アマルティアは申し訳なさそうにしていた。

「その、えっとね……雇い主さんが借金を返してくれたんだけど、それで報酬は使い切っちゃって……結局私たちは傭兵じゃなくて、戦奴って形になったの……ごめんなさい」

そろそろ日も沈みきる時刻に、暗い話題をすることになっている傭兵団。

全員が武装している筋肉ムキムキの女傭兵たちであるにもかかわらず、話の内容が不景気な女子グループの会話そのものなので、ものすごくがっかり感があった。

ガイカクとソシエは新しい仲間たちを見て『頼りないなあ』と思っていたが、当の傭兵団たちの方が世知辛さに苦しんでいた。

「……まあ、戦奴ならいいです。鉱山奴隷とかより、ずっといいです」

「仕事内容も傭兵とそんなに変わらないと思いますし……」

鉱山奴隷と戦奴で、どっちがマシかと言えば人によるだろう。だが元々傭兵だったのだから、同じ仕事をしたいと思うのは当たり前だった。

「アマルティア。ここにいるのがお前の部下、アマゾネス傭兵団の百人だな？」

「あ、はい！」

「俺の名前はガイカク・ヒクメ、今日からお前たちの雇用主……いや、主人になる男だ。急な雇用で混乱しているだろうが、まずは……」

一旦自己紹介を済ませたガイカクは、改めて目の前にいる女傭兵百人を見た。

一人一人ならそこまでの圧迫感はないが、百人もいるとさすがに目立つ。

時間も考えて、さっさと移動するべきだろう。

「夜の道を歩くことになるが、今から俺の拠点に移動してもらう。俺の立場や皆にやってもらう仕事も、そこで説明をする」

「まあそうですね……では案内のほうを、お願いします」

アマゾネスの団員たちも、もっともすぎる提案に疑うことなく従っていた。

どんな仕事内容であれ、今ここで説明を始める方が問題だろう。何も不自然に思うことなく、拠点に戻ろうとするガイカクに続いた。

「あの、先生……大丈夫なんでしょうか」

一方でソシエは、今から既に心配になっていた。

これから騎士団への昇格試験を受けることになる。失敗すれば身の破滅となり、成功しても既存の騎士団と同じ働きを求められる。

そんな話を聞いて、怖くならないだろうか。拒否してしまうのではないだろうか。

「あのアマゾネスたちだけじゃありません、他のみんなも、受け入れてくれるかどうか」

「そうだな」

その心配に、ガイカクも同調するしかなかった。なにせガイカク自身、まったく自信がない。

自分の能力を把握し、部下の実力も知っているからこそ、成功を保証できないからだ。

そんな状況では、奴隷の大脱走が起きても不思議ではない。

「だが……お前はどうだ、逃げるか」

しかし少なくとも、ガイカクの隣にいるソシエは、逃げるそぶりも見せていない。

みんなが逃げ出すかも、と心配している本人は、そうしていない。

「先生が逃げないなら、逃げません」

彼女の答えは、しっかりとしたものだった。彼女の中に既にあった考えが、するりと口から出ていた。

「ソシエ……お前にとっては、それが答えだ。他の奴らにも、それぞれ答えがある」

ガイカクは読心術や未来予知などできない。だからこそ、自分の部下の答えがわからない。

しかし、絶望もしていなかった。ソシエがそうであるように、他の部下たちともそれなりの接し方をしている。

「戻るぞ、ソシエ。全員へ説明をして、答えを聞くためにな」

そう悪い結果にはならない。その程度には、自信と信頼があった。

## 4

本来なら、一泊してから拠点に戻るべきだったのかもしれない。だがあまり待たせれば、ティストリアが行動に移す可能性があった。

だからこそガイカクは夜間でも無理やり移動して、自分の拠点に戻った。

「あ、親分！　親分が戻ってきた！　って……ええ⁉」

「先生、どういう事態ですか？　ソシエ、ちょっと教えてよ！」

「旦那様～今日は新入りの子供を連れてこないって言ってましたよね～」

「族長、彼女らは一人前の戦士のようですが……」

「御殿様《おとのさま》、その顔を見るに……なにかあったんですか？」

ガイカクの部下たちは、彼がなかなか戻らないことで心配し、日が沈んでも外で彼を待っていた。

だからこそ百人もの女傭兵を引き連れて帰ってきたガイカクに、とんでもなく驚いていた。

「オーガだけならまだしも、エルフに獣人《じゅうじん》にゴブリンにダークエルフ⁉」

「しかも人間が一人もいない、どうなってるの⁉」

「それぞれの種族がこんなにいて、しかも全員女……え、なに、どういう組織なの⁉」

一方でアマゾネスたちも、通常とは著しく異なる編成の集団に驚いていた。

だが全員が本当に驚くのは、ここからだった。

「皆が集まっているなら、けっこうだ。これから全員へ、重大な発表がある。心して聞いてくれ」

既に太陽は沈み、月や星の光に照らされるガイカクの拠点。その闇ともつかぬ世界で、ガイカクは説明を始めた。

誰もがガイカクを見ており、彼の顔だけははっきりと視認できる。だが他の者たちは、それこそ互いに表情も読めなかった。

そんな状況で、ガイカクは最初から話し始める。

「この俺、ガイカク・ヒクメは魔導士《まどうし》だ。ここにいるものは、種族を問わず、全員が俺の奴隷であり、俺の部下だ。俺たちは、ボリック伯爵が秘密に抱えた私兵だった」

それはこの場にアマゾネスがいるからであり、彼女たちに向けた説明であった。

「俺は現行法では禁止されている魔導を用いて、多くの違法兵器をつくってきた。その兵器を部下に使わせて、この地を治めるボリック伯爵から受けた仕事を達成してきた」

ここまでは、アマゾネス以外の全員が知っていることだった。

だがここから先は、それこそ驚愕《きょうがく》の急展開である。

「だがその存在を、騎士団は察知してしまった。違法兵器についてはまだ行きついていないが、俺たちに後ろ暗いところがあることは察されている」

違法行為をしていた、それを騎士団に察知された。それを聞いて、ソシエとゴブリン以外の面々は血相を変える。

だが同時に、なぜ今新人を連れてきたのか、とも思った。その新人に犯罪の暴露をしていることも含めて、普通ではない。

「だが騎士団は……騎士総長《きしそうちょう》であるティストリアは、俺たちの実力を高く評価してくれている。何度かの試験でそれを確認できれば、そのまま俺たち全員を……新しい騎士団として召し抱えてくださるそうだ」

新しい騎士団。

それを聞いて、ゴブリンさえも、星明かりの下でお互いの顔を見始めた。

ガイカクの言葉が真実ならば、この場にいる面々が騎士になることを意味している。

底辺奴隷の雑魚《ざこ》や、平凡な人間の傭兵《ようへい》が、騎士になる。そんなこと、普通なら望めるわけがない。だがそれが、叶《かな》おうとしている。

「俺は、この話に乗る！　これから俺たちは騎士団として……任務に就く！」

騎士の強さを知る者たちは、それと同じ仕事をするのだと、心胆を震わせていた。

だがしかし、その顔には希望があった。この男がやる気になっているのだから、勝算はあるはずだと。

「今までにない困難が、無理難題が、強大な敵が、俺たちの前に立ちふさがる。他の騎士団と同じ成果を、俺たちは求められる！」

ガイカクは、しっかりと困難であることを理解している。それを惜しげもなく晒《さら》していた。

「だが、不可能ではない！　お前たちがエリートではないとしても、この俺がいる！　天才違法魔導士ガイカク・ヒクメが、その叡智《えいち》の限りを尽くしてお前たちへ戦術と兵器を授ける！」

底辺奴隷たちは己《おの》が脆弱《ぜいじゃく》さを知っているが、それ以上にこのガイカクを信じている。加入したばかりのアマゾネス傭兵団たちも、志の高さゆえに野心を燃やす。この『儲《もう》け話』、乗らない手はない。

「俺は約束する……俺に従うのなら、お前たちには生存と勝利への道が開かれると！」

天才違法魔導士は、覚悟を決めた。

「これより……この天才魔導士ガイカク・ヒクメを団長とする……」

彼は、騎士団の設立を宣言した。

「底辺奴隷騎士団の旗揚げだ！」

最悪のネーミングだが、真実だった。

「おお〜〜！　旦那様、格好いい！」

ゴブリンたちは大いに喜び、拍手をしていた。

おそらく、よくわかっていないものと思われる。

「……親分、それ止《や》めようよ」

「先生、他のにしましょう……」

「族長……一族の名前は、もっと大事にしてください……」

「御殿様、そこは正直にしなくていいんですよ」

「ねえみんな！　私たちアマゾネス傭兵団は、奴隷ではあっても底辺じゃないよね⁉」

「いいえ、底辺です。少なくとも貴方《あなた》は底辺奴隷です」

他の種族たちは、そろってテンションが下がっていた。

騎士になっても、この男の兵器を使っても、危険な任務に就いても、嫉妬や羨望《せんぼう》の対象になっても……。

それでも自分たちは奴隷のままだし、眠っていた才能が目覚めたわけでもないのだと。

「うおおおお！　やってやるぞ〜〜！」

この『底辺奴隷騎士団（仮）』の命運は、この男が握っていた。

## 5

ボリック伯爵の城に、ガイカク・ヒクメは二日連続で現れた。普段のように裏手から入り、普段のように誰もいない緊急用の通路を通って、伯爵の私室に入った。

だがそこに伯爵はおらず、彼を迎えたのはティストリアだけだった。

「お待ちしていました」

ティストリアは整った顔で、しかし一切感情を見せずに彼を迎えた。

「話はまとまった、ということでよろしいですね」

「はっ……このガイカク・ヒクメ……騎士団長としての登用、謹んでお受けします」

「そうですか、とてもありがたいことです」

当然と言えば、当然のやり取りだった。

しいて言えば、ガイカクがメッセンジャーではなく組織の長《おさ》だった、ということには驚きの要素があるのかもしれない。いや、ガイカクはあくまでも代理で、表に出せない本当の長がいるかもしれないが……。

「では貴方はこれより新しい騎士団の団長として、正式に任務に就く……と言いたいところですが、以前も言ったように二度ほど試験を受けていただきます」

ティストリアはつい先日、ボリックに対して『試験』を行った。

腰に下げていた大剣で、彼に切りかかろうとしたのである。

実際のところ、そこまでおかしな試験ではなかった。ボリックが本当に自慢するだけの魔術師なら、防げて当然だったからだ。

そう、つまり……自分は偉大な魔術師である、と自称していないガイカクに、その試験は不要だった。

「いくつか任務を任せますので、それを短期間でこなしてください」

だが考えようによっては、こちらの方が難しいと言えるだろう。

ティストリアの攻撃を受け止めるのは、騎士一人分の実力があれば可能だが……。

騎士団にふさわしい任務をこなすとなれば、それこそ騎士団一つ分の実力が求められる。

「では最初の試験ですが……」

ぺらりと、彼女は一枚の分厚い紙を渡した。

そこには地図と、少々の文章が書かれている。

「敵国の手に渡った砦《とりで》を奪還してきてください」

「……百人規模の兵がいる砦、ですね」

その地図には当然ながら、ガイカクが攻め込む砦と、その周辺情報が書かれていた。

「以前はここに街道があったので、それなりの要所でした。なので、敵国と奪い奪われを繰り返していた時期もあったのです。しかし新しい、もっと便利な街道ができたことや、国境が少々変わったことによってあまりうまみがなくなりました。そのため放置していたのですが……試金石とするには十分でしょう」

最初の試験ということで、重要性が低い仕事であった。はっきり言って、失敗したとしても国家に損失は出ないだろう。

これで失敗して困るのは、ガイカクたちだけである。

「ここの奪還が、貴方の任務です。評価の基準について、この場で教えておきましょう」

彼女はあえて、言うまでもないことを口にした。

それは彼女なりの実直さであり、公平さであった。

「第一に、期間が短ければ短いほど評価します。第二に、可能な限り捕虜をとって、敵国への身代金《みのしろきん》が要求できるようにすることです。第三に……砦の損壊を抑えることです」

「承知しました」

彼女は何もおかしなことは言っていない。他の誰であっても、この条件で評価をするだろう。

「そのうえで……それとは別の禁止事項を、申し上げておきます」

彼女はまったく心を込めていない顔で、しかし念入りに注意した。

「貴方は一応とはいえ、騎士団の一員。騎士団全体の評判を貶《おとし》めるような乱暴狼藉《ろうぜき》は、極力控えることです」

その注意事項については、あまり細かく言わなかった。

それは逆に、項目が数えきれないほど存在し、なおかつ破った場合の容赦のなさを意味している。

とはいえ、何が犯罪なのかをいちいち説明しなければならないのなら、騎士団はおろかお抱えにもできまい。

「できますね？」

「お任せを」

ガイカクはうろたえることなく、これを受けていた。

強がりではない、根拠があってのことである。

（砦の攻略演習……やはり、今までの戦力じゃ無理だったな）

アマゾネス傭兵団を奴隷として部下にしたことが、正解だったと確信する。

何の変哲もない僻地《へきち》の砦だが、違法な魔導兵器《まどうへいき》だけでは陥落させることはできない。

何の変哲もない傭兵団こそが、今回の作戦の成否を分けるだろう。

# 6

野原の真ん中に、ぽつんと百人ほどを収容できる砦が建っている。周辺に目立った施設はなく、しかも人通りも多くない。

この砦が建設された当初は、この付近に交通の要所があり、そこを防衛するという役目があったのだ。そのため当時は周辺国と奪い合いが起きたほどである。

だが時代の流れによって国境線の変化や街道の変化が起き、ただ砦が建っているだけという場所になり……砦はただの建物と化していた。

しかし、敵国は占領を続け、きちんと兵も配備している。

今後次第ではまた重要な拠点になりえるし、もっと言えば演習の場としてはこの上ないからだ。

砦に勤める、というのはただ戦えばいいというものではない。

閉鎖空間で長期間滞在し、その中でどんな面倒ごとが起きるのか体験し、それをどう処理するのかを考える意味もある。

要所ではない砦だからこそ、兵も指揮官も演習をすることができるのだ。

そして……仮に敵から襲撃されたとしても、文字通り砦に立てこもって戦うことができる。

「敵がこちらに接近している？」

貴族の三男坊、トリマン。

跡継ぎになれないことが決まっているため軍人になった、若い人間の男子。精悍《せいかん》な顔つきの青年が、この砦の現在の主《あるじ》だった。

やはり演習としてこの砦にいるのだが、万一襲撃されれば当然対応しなければならない。

若い彼は、その万一が起きたことに驚きつつ、しかしそこまで慌てはしなかった。

「はっ！　付近に野営地が建設され、そこから百人ほどの歩兵がゆっくりとこちらに向かってきています！」

トリマンに対して、古参兵が報告をする。

彼はなかなかの年齢であり、トリマンとは親子ほど歳《とし》の差があるが、それでも上官として敬意のある振る舞いをしていた。

「攻城兵器は見えるか？」

「長梯子《ばしご》だけです！」

「まあそうだろうな……」

攻城兵器、というのは大掛かりなものである。破城槌《はじょうつい》、攻城塔、巨大投石機、大砲、などなど。どれも強力で、城を落とすにはこれが必須と言っていい。

が、どれも高額で、なおかつ運ぶのが大変である。ここへ持ってくるだけでも、膨大な手間がかかる。

百人ぐらいしかいない砦を落とすのに、そこまで労力を割くまい。

普通の梯子をつなげて長くしたものぐらいしか、持ってきていないのが当たり前だ。

「おそらく、敵方も演習のつもりだろう。我らが籠城《ろうじょう》戦の演習なら、相手は攻城戦の演
習ということだな」

「迷惑な話ですな」

「なに、むしろ実戦演習ができてありがたいだろう。相手がほぼ同数なら……砦にこもっ
ている方が圧倒的に有利だ」

トリマンの判断は、おおむね間違っていない。

少なくとも、大多数の将校は同じ判断をするだろう。

「よってこちらは、ただ普通に守備の配置について、手はず通りに動けばいい。まあ……

誰かがこの地の備蓄を横流ししていて、そのための武器や食料がないのなら話は別だが」

「ご冗談を、数日前に点検をしたではありませんか。この僻地で、数日で、どこかへ売り
さばけるわけがありませぬ」

トリマンの悪ふざけに対して、古参兵はやや笑いつつ応じる。

ここに来てトリマンが焦《あせ》るようなことがあれば問題なので、彼としても嬉《うれ》しいことだった。

「ならばやはり、こちらの勝ちは動かない。なに、腰を据えて構えていればしのげる。それが籠城というものだ」

彼は古参兵を通じて、砦の兵たちに指示を出した。

特に奇天烈《きてれつ》な策を用いることはない、砦の防衛計画に沿って、人員を配置するだけである。だからこそ、兵たちは慌てることも混乱することもなく、配置についていく。

この砦は、非常にシンプルな構造をしている。

石製の外壁が四方を守っており、北側にだけ大きめの門があり、他の三方向には小さめの扉が一つずつある。

また壁の内側には住居などのスペースがあり、倉庫などもここにある。

石壁の上には遮蔽物つきの通路があり、そこに弓兵などを配備できるようになっている。あいにくと旧型のため、大砲などは配備されていない。しかしながら小型の砦としては、十分な機能があるだろう。

兵たちは突然の敵襲に緊張する一方で、退屈な演習を吹き飛ばす刺激に興奮を禁じえなかった。

「敵の構成が判明しました。人間の歩兵が東西南に二十人ずつ、計六十人。それから正面北側にオーガらしき重歩兵が二十人。合計八十人です」

「……舐《な》めているのか？」

古参兵は城壁の上から得られた情報を、トリマンへ報告する。報告を受けたトリマンは、あまりにも少ない数に呆《あき》れていた。この砦を攻め落とすには、最低でもあと百人は必要なはずである。

「そうかもしれませんな……相手はこちらの弓矢が届かぬ距離を維持しつつ包囲しています。いや、人数が人数なので包囲とも言えませんが……」

「ふむ……挑発しているのかもしれんが、乗るわけにはいかないな」

砦にいるのは、純粋に人間の兵百人だけ。砦に籠れば負ける気はしないが、砦を出ての野戦で勝てる自信はなかった。

いや、勝てなくはない。ただ確実に勝てるほどの戦力差ではないし、かなりの損害が想定される。そもそも、勝ってもいいことがない。

砦に陣取って、動かないことが大事だろう。

「城壁の上からの弓矢が届かないのだから、地面に立っている相手からの矢はなお届かない。このまま相手が動かないのなら、こちらも動かないだけだ」

「それは結構ですが……これからどのような動きを想定されますかな？」

「テストのつもりか？」

「いえ、純粋に想定される戦術の確認です」

まるで演習の続きのように、古参兵は質問をする。

それに対して、トリマンは少しだけ不満そうだった。

「そうは言うが……こちらから打って出ることができない以上、ただ守勢に徹するしかないだろう」

「では近づいてきた時は？」

「基本は弓矢での迎撃、弓矢の補充が間に合わぬ時は魔術による攻撃、そして接近されれば投石だ。その準備もできている」

「そして梯子をかけられれば抜剣……まあ普通ですな」

「とはいえ、実際に戦いだせばトラブルも起きる。そこを補強するのが私の役目だ」

「……ええ、問題ありません」

籠城戦は、非常にシンプルである。だがそのシンプルさこそ、籠城側の有利である。

城壁の上に立てるという位置エネルギーの有利、石製の遮蔽物に守られている防御力の有利、豊富な備蓄のある持久力の有利。

時間をかけて建築した砦《とりで》だけに、地の利は圧倒的。攻城兵器、あるいは圧倒的な物量抜きでは、攻略など不可能だろう。

「とはいえ、指揮官殿。相手の思惑が読めないのは、不気味ですな」

「ああ……演習にしても、何もかも半端《はんぱ》だ」

この砦の周囲には、あまり大きな森はない。

つまり見晴らしがとてもよく、伏兵などを配置する余地がない。

よほど遠くに配備すれば話は違うが、それではここに近づくまでの間にバレるだろう。

「……敵の中にエリートがおり、その初陣《ういじん》ということでは？」

「まあそうかもしれないが……わざわざこの砦でやることか？」

常人の数倍、十数倍、数十倍の力を持つエリート。

その存在は知られているが、当然希少である。

こんなどうでもいい砦にぶつけて、万が一のことがあってはたまらないだろう。

「ではやはり演習、挑発と考えるべきですかな？」

「……その可能性は濃厚だ。だが、それでは話が終わるな」

トリマンはまだ若い指揮官である。だからこそ真面目であり、生真面目に思考していた。

半端に場数を踏んでいる者と違い、慣れで気を抜くことはなかった。

だがしかし、これから何が起きるのか、それを想定することはできなかった。

## 7

指揮官であり騎士団長（仮）のガイカクは現在、攻め込む砦から離れた野営地にいた。

現在野営地にいるのは、ガイカクを除いて、ダークエルフ十人、エルフ二十人、人間四十人であった。

これが後詰《ごづめ》と考えれば、十分な数と言えるだろう。いや、少なくとも人間の兵は前方に配置するべきか。いやいや、そもそもこれだけの数で砦を落とそうとするのが無理なのか。

普通の戦術家なら、そう考えるだろう。だがあいにく、この一団は普通ではなかった。

「さて……前方の配置は万全だな」

「そのようですね……」

この野営地には、一種異様な光景があった。

それは、望遠鏡の存在である。

遠眼鏡ともいうが、遠くを見る道具である。携帯ができるほど小さいものもあるが、ここに置かれているのはどれもかなりの大型で、地面に三脚で固定するタイプであった。

野営地から砦を望遠鏡で覗《のぞ》いているのだが……その数が異様だった。

なにせ、二十台である。普通なら一つ二つあればいいものの、二十台も望遠鏡が並ぶなど異様どころではない。それこそ、望遠鏡の見本市であった。

「さあて……新兵器の実戦投入だ。今までは人数が足りなかったんで使えなかったが……人間の兵がどかんと百人参入したんで可能になったわけだな」

そして毎度のことながら、エルフたちは魔法陣の上に座っていた。

「砲兵隊、配置についているか？」

「は、はい先生！　二十人全員、魔法陣の上に配置済みです！」

ただ今までと違うのは、魔法陣一台につき、彼女らが一人ずつ配置されていることだろう。

今までの図式から言って、彼女たち二十人の魔力を吸い上げて、それを二十台の砲塔それぞれに供給する形であろう。

「で、射手チームは準備いいか？」

「……わ、私たちは特に何もしないので」

「いやいや、お前たちだって大事だぜ」

今までと違うのは、砲塔が火縄銃のような形をしていることと、それを持っている人間がいるということだった。

手で持てる大きさになっている砲塔を、うつ伏せになりながら構えて、それを『砦の方向』に向けている。

これだけ見れば、彼女たちが狙撃をしようとしていると思うだろう。

だが実際にはそんなことはない。彼女たちはガイカクに言われるがまま、ただ伏せて狙撃の体勢をとっているだけで、その実照準など見ていないのである。いやそもそも、彼女たちの持っている砲塔にそれらしいものがないのだ。

射手《かのじょ》たちがやることは、砲塔を固定することと、引き金を引くことだけなのである。

「測定手チーム、各員照準は合っているか？」

「あ、はい！　全員、照準を合わせています！」

「よしよし！」

測定手チーム、と呼ばれた人間の兵士たち。

彼女たちは望遠鏡を覗いているグループであり、彼女たちこそが『狙いを定めている』のである。

彼女たち測定手チームは、その望遠鏡に取り付けられたマジックポインター、魔力光を放って目標点に小さな光を当てる道具を使って……狙った相手に点を当て続けている。

もちろんとんでもなく遠くの相手なので、望遠鏡の角度がわずかに変わるだけでも見失うし、相手が歩くだけでも狙うことができないだろう。

幸い……というよりも、砦で守備に就いている兵士たちだからこそ、ほとんど動かずに立ってくれている。

おかげで狙いを定め続けるのは、比較的楽だった。

「訓練の時は、吸い上げる魔力、発射される魔力攻撃の威力、射程距離はしょぼかった。だが今回は違うぞ……底辺エルフ一人の魔力を全部吸い上げて、遠い目標に向けて狙撃する……二十人で、一斉にな！」

今までのようにボリックからの任務ではなく、ティストリアからの初任務であるが、それでも新兵器が威力を発揮する興奮は変わらない。

この感動を味わうために、彼は魔導士《まどうし》をやっている。

「それじゃあカウントダウン、行くぞ……」

二十人のエルフたちは、魔法陣に身をゆだねてすべての魔力をささげる。

それを受け取った二十個の魔法陣は、二十人の射手が持つ砲塔へ送っていく。

「さん」

射手たちは、自分の持っている砲塔が熱くなることを感じた。

今自分たちが持っている砲塔には、人間二人分、エルフ一人分の魔力がみなぎっているのだ。

緊張して、思わず生唾を呑《の》みこむ。

「に」

カウントダウンのさなかも、測定手たちは望遠鏡を覗いていた。

もはや狙いを整える余裕はない、望遠鏡から目を離さないように、しかし望遠鏡を一ミリも動かさないように、全力で緊張していた。

「いち……発射！」

射手たちは、合図に合わせて引き金を引いた。

彼女たちがやったことは本当にソレだけだが、効果はまさしく劇的だった。

一キロ以上離れた野営地から放たれた、二十発の弾丸。それは普通の人間では視認できない速度で空を行き、一直線に『点』を目指す。

測定手たちが点を当てていた、城壁の上に立つ、弓矢を構えている兵士たち。

城壁の北側にいた二十人全員に、見事に命中していた。

「……!?」

それは、胴体に当たった者もいた。頭に当たった者もいるし、肩に当たった者もいた。

だがその着弾個所《かしょ》は、大きく穴を穿《うが》たれていた。

それこそ、無痛の域の致命傷。一点に注ぎ込まれた人間二人分の魔力は、人間一人を殺すには十分だった。

体を穿たれた兵士たちは、声を出すこともなく、死を意識する間もなく、一瞬で即死する。

ただ穴が開いただけではなく、超高速の弾丸が命中したことで、大きく後ろにのけぞる。そして自分たちの守っていた、砦の中に落ちていった。

二十人が、一斉に、同時に、戦闘が始まってもいないのに。大量の血をまき散らしながら、砦の中に落ちていったのである。

その彼ら二十人の傍《そば》にいた兵士たちは、は？　と声を出す間もなく、その倒れていった彼らの方を向いた。

傍にいなかった者たちも、武装している二十人が落ちていく音を聞いて、なにごとかとうろたえる。

しかし守りについているからこそ、城壁の上にいる者たちは、誰も動けない。だが砦の内部には、後詰部隊もいる。彼らが何事かと駆け寄って、惨状を確認すれば話は変わるだろう。

だがそれまでの間、砦の防衛に大穴が開いていた。そこへ、畳みかけが行われる。

「獣人《じゅうじん》部隊、今よ！」

「わかった！」

北側に配置されていた、二十人のオーガ部隊。

彼女たちは倒れていく敵兵を見て、自分たちの大きな体の後ろに隠れていた、十人の獣人部隊へ合図を出した。

シー・ランナーを装備して軽くなっている彼女たちは、ポケットから焙烙玉《ほうろくだま》をとりだしつつ城壁に向かっていく。

（今この瞬間だけ……北側は完全に無防備！　今なら、私たちなら、この装備なら、壁を駆け上がれる！）

人間と比較すれば倍ほど速い彼女たちだが、獣人たちの中ではとても遅い。何よりも速さが求められるこの状況では、己の遅さが不甲斐《ふがい》なく歯がゆかった。

（急げ……急げ！　気付かれたら死ぬぞ！　私たちは、ろくな防具も身に着けていないんだから！）

軽くなっている体で、城壁を駆け上がる。

二十人ほど倒されたが、それでも自分たちの数倍の敵がいる砦《とりで》へ、彼女たちは侵入した。

（……くらえ！）

城壁の上にある、通路。少々の遮蔽物に守られている、兵士たちが矢を射かけるためのスペース。

そこへ、火のついた焙烙玉を転がしていく。

前にいる歩兵たちや、後ろの物音に反応していた砦の兵士たちは、勇敢なる獣人たちの、無音の突撃に反応できなかった。

「な、なんだ？」

一人につき一つずつ、焙烙玉を転がしていった獣人たち。

彼女たちはそれを済ませると、速やかに城壁を飛び降りて、砦から離れていく。

その姿を見つける兵士たちもいたが、それを記憶する暇などあったかどうか。

「あ……ほ、焙烙玉だああああ！」

気付くのが、遅すぎた。

前から投げられたのなら、投げ返すなりはじき返すなりできた、なんの変哲もない焙烙玉。

だがそれが後ろから、しかも足元へ転がされたのだから、反応は大いに遅れていた。

城壁の上に立つ兵士たちからすれば、足元にいきなり焙烙玉が出現したようなものである。声を上げる暇があった者さえ、ごくわずかだった。

足元で、焙烙玉がさく裂する。それは大量の破片をばらまき、なおかつ大音量で周囲をかき乱していた。

「あ、あああああ！」

「いでえ！　くそ、破片が足に！」

「な、なんだ、何をされた⁉」

「耳から血が……何も、何も聞こえない……いや、なんかごうごうと音が……！」

「ひやあああ⁉　なんだ、砦の中に仲間の死体が⁈」

「し、侵入者か⁉　まだ隠れているのか⁉」

「おい、こいつ、城壁の上にいた奴《やつ》だぞ⁉」

「どうなってるんだよ、二十人もいる……全員死んでるぞ⁉」

もはや砦の内部は、大混乱であった。

装備も人員も十分に思えたが、それが一瞬で、敵と戦うことさえなく、完全に瓦解《がかい》していた。

その狂騒は、砦の外部、弓矢も届かないところにいる歩兵たちにも伝わるほどである。

「どうやら作戦は成った様子……さすが騎士《きし》総長《そうちょう》閣下からスカウトされただけのことは

ある、か」

元アマゾネス傭兵《ようへい》団団長、現歩兵隊長アマルティアは、南側からそれを見ていた。

ここに来てから、ただ立っていただけの彼女だが、それでも満足気である。

「では……作戦通りに行こうか」

そういって、周囲にいる、攻城用の長梯子《ばしご》を持った部下たちへ合図をする。

「全員、撤収！　野営地に戻るぞ！」

「了解！」

ただでさえ、非常にゆるく包囲していただけの部隊。それが何もしないまま、ただ混乱を見届けて撤退する。

それも一方向の部隊だけではなく、四方向すべての部隊が、である。元々距離をとっていたが、そのまま野営地へと戻っていく。

はっきり言って、意味がわからないだろう。今攻め込めば砦を速やかに陥落させられるだろうに、わざわざ下がるなど勝機を自ら逃しているとしか思えない。

「トリマン殿、敵が下がっていきます！　いかがしますか⁉」

「⁉」

「追いますか⁉」

「いや……それよりも負傷者の救助を優先しろ！　それが終わり次第聞き込みを始めるのだ……いいな」

当然ながら、指揮官であるトリマンには敵の意図が読めなかった。

だが追えるほどの戦力があるわけではない以上、彼にできることは救命の指示だけだった。

戦いが始まる前も、敵の思惑など一切わからなかった。だが戦いが終わった後でさえ、敵の思惑がわからないままだ。

そしてそれ以上に、なぜ壊滅に追い込まれたのかがわからない。

「いったい、どんな手品を使われたのだ……！」

わかっているのは、事実上この砦が崩壊したことだけだった。

8

さて、ガイカク・ヒクメたちの野営地である。

もうすぐ夕方になるという時刻に、一団は集まっていた。

とはいえ、エルフ二十人は力尽きており、既に簡易ベッドで横になっている。他の面々だけで、今回の作戦が堅調であることを確認していた。

「騎士総長閣下曰《いわ》く……できるだけ敵兵を殺さず、砦も壊さず、短期間で陥落させろ。それが評価のポイントだそうな」

騎士になるための試験である、その基準は厳しい。ただ勝つだけではなく、様々な加点要素が求められるだろう。

「ならば、敵を一人も殺さず、城も傷めず、初日で陥落させること。それが満点だ」

やろうと思えば、できなくはなかった目標だ。

しかしながら、今回の作戦では無理だった。なにせ作戦通りに進めた結果、大勢の敵を殺し、砦を少々壊したうえで、初日が終わろうとしているのだから。

「だがな、それを無理にやって、お前たちがけがでもすればたまったもんじゃない。まあ今回の作戦でも獣人たちには危ない目にあってもらったが……もしも砦の内部へ突入していれば、それ以上に事故が起こった可能性もある。敵の編成も、ちゃんとはわかってないしな」

つまりガイカクは、最初から満点は目指していなかった。

功に逸《はや》って兵を失うのはよくあること。それを避ける、賢明な判断である。

「この作戦なら、うまくいけば明日の朝には砦を制圧できる。たまたま敵の援軍が大挙してくる、なんてアホなことがない限りはな。まあさすがにその場合は、騎士総長閣下も大目に見てくれるだろう」

「そううまくいきますか？」

疑問をぶつけたのは、ダークエルフの一人である。

根拠があるわけではなく、ただネガティブなだけである。

「いかないかもな。実際、敵がむりやり夜襲を仕掛けてくる可能性はある。だからお前たちダークエルフには、敵の監視を任せる」

だがそのネガティブな発言を、ガイカクは否定しなかった。

確かにその通りであると認めて、彼女らに監視させるつもりのようだった。

「数人の脱走や、こっちへの偵察なら見逃していいぞ。その代わり、敵が大勢攻めてきた時は警鐘を鳴らしてくれよな」

「はい……」

ガイカクの指示を聞いたダークエルフたちは、その指示に従った。

しかしながらネガティブな彼女らは、やはり不安がぬぐえないのであった。

9

さて、ダークエルフである。

この種族は夜に強いことが特徴であり、その中には『不規則な睡眠に強い』というものがある。

普通の人間なら、徹夜はつらいものだ。交代などを挟んでも、集中力などのパフォーマンスは落ちる。睡眠時間を調整すればいわゆる『夜型の生活』にできるが、こうなると今度は昼のパフォーマンスが落ちて、そこから元の生活に戻すことにまた調整を要する。

だがその点において、ダークエルフは強い。寝なくていいなんてことはないが、夜ずっと起きていても集中力が落ちず、また少々生活が乱れてもすぐに戻せる。

夜目が利《き》く、耳がいい、という点も含めて夜間の監視には最適だろう。

(作戦通りではあるんだけど、心配だな……)

ガイカクの部下であるダークエルフ十人は、敵の守っている砦を監視していた。

わざわざ近くに行くことはなく、野営地のすぐ傍に椅子などをおいて、簡易の監視所としている。彼女たちはそこで双眼鏡を構えて並んでいた。

底辺とはいえダークエルフ。夜目が利くうえに双眼鏡まで支給されているので、彼女たちからすれば難易度の低い仕事である。

そしてこの任務をさらに簡単にしているのは、ガイカクからの指示であろう。

『数人の脱走や、こっちへの偵察なら見逃していいぞ』

つまり敵が大勢で動くことだけを監視すればいいのであり、他は気にしていないとのことだ。

（御殿様《おとのさま》もそうだけど、みんな油断しきっているような気が……）

よって彼女たちが緊張しているのは、仕事を失敗するかもしれないと心配していたからではなく、敵が攻めてくるかもしれないと心配していたからだった。

もともとそのために監視として配置されているわけなのだが、ガイカクは『まああありえないだろうが念のためにな』というゆるみぶりだった。

（まだ一回しか攻撃していないのに、そんなにうまくいくのかなあ……）

雲の少ない、星明かりに照らされた夜の荒野。

砦周辺に遮蔽物はないため、良くも悪くも監視されやすく、隠れにくい。

何かあったらどうしよう、と心配する彼女たちの耳に、足音が近づいてきた。

「寝ずの番、ご苦労。どうだ、なにか動きはあったか？」

ある意味、ダークエルフたちの同期。獣人《じゅうじん》のうち一人が、彼女たちに状況を聞きに来ていたのだった。

「あ、ええっと……獣人の……お名前は……」

「ダイモラだ」

獣人の娘は、そう名乗った。同僚の数がかなり多く、また種族単位で部隊が編成されているので、異なる種族の名前を聞くことが少なかった。そのため、今更の自己紹介である。

「そうですか、ダイモラさんですか……なにか御用でも？」

「いや、正直昼の戦いから興奮が冷めていなくてな……夜風に当たりつつ、ここに来たというだけだ。邪魔ならどっかに行くが」

「あ、いえ……私たちも少し緊張しすぎていたので……ありがたいです」

ダークエルフの内一人が、双眼鏡から目を離してダイモラと話を始めた。

他の九人は相変わらず監視を続けているが、二人の話に耳を傾けている。

地球の感覚で言えば、深夜のラジオを聴きながら車の運転をするようなものである。

「私はダークエルフのフォフォスといいます……」

「そうか、フォフォスか……ではフォフォス……呼び捨てでいいだろうか」

「構いません」

「ううむ……それで……」

ちらりと、ダイモラは遠くの砦《とりで》を見た。昼頃に自分で襲撃してきた、敵の拠点である。

彼女の目では、砦に火が灯《とも》っていることぐらいしかわからない。

「どうだ、砦の様子は。夜襲を仕掛けてきそうか？」

「さあ、私たちだとそこまではわかりません……同じダークエルフでもエリートの方なら、ここからでも中の音が聞こえたかもしれませんが……」

「むう……いや、とがめているわけじゃないんだ。ただちょっと気になっただけで……」

申し訳なさそうなフォフォスに、ダイモラは慌てて謝る。

「砦の様子が気になるなんて……ダイモラさんも、心配なんですね」

フォフォス、あるいは他のダークエルフたちも、彼女の心境を察していた。

自分たちと同じように、襲撃されたらどうしよう、と不安なのだ。だから夜も眠れず、ここに来てしまったのだろう。

「心配？　何がだ」

そう思っていたが、違ったらしい。むしろ何が心配なのか、わかっていないようですらあった。

「いや、だって……御殿様の命令とはいえ、あそこに焙烙玉《ほうろくだま》をばらまいてきたじゃないですか。普通に考えて、敵は怒ってますよね？」

フォフォスは、できるだけわかりやすく説明した。

こっちはいきなり攻め込んできて、一方的に攻撃してきて、そのうえさっさと逃げたのだ。

相手が怒って攻めてくるのではないか、と心配になるべきだろう。

「今は相手もけがの治療とかをしてますけど……それが終わったら、すごい勢いで襲い掛かってくるかも……」

「そうか、そうだろうなあ……いい」

敵がすごく怒っているかも、という状況なのに、ダイモラはなぜか悦に浸っていた。

「部族の役に立つことができず、敵からも相手にされず見逃されて、人間の国でも見向きもされなかった私たちが……敵に憎まれるとは……！」

（ダメだ、価値観が違う……）

フォフォスは当然ながら、他の九人のダークエルフも困っていた。

「あの……ダイモラさんは敵に憎まれるのが好きなんですか？　それとも獣人はみんなそうなんですか？」

「少なくとも、私の部族と、敵対していた部族はそうだったぞ」

（これはわかり合えないわね……）

敵に憎悪《ぞうお》されると、ものすごく嬉《うれ》しく思う。そんな生き物が仲間であることに、ダークエルフたちは戦慄を禁じ得ない。

「そうは言うが、我らは戦士……いや、戦奴か。敵に憎まれないということは、味方の役に立っていないということだぞ？　むしろそっちの方が嫌じゃないか？」

「うっ！」

ダイモラの指摘に、フォフォスたちはトラウマを刺激された。

故郷での辛《つら》い日々が、脳裏にフラッシュバックする。

「止《や》めて、母さん……そんな目で見ないで……」

「食べることだけは一人前だな、なんて言わないで……そんなことないんです……」

「生きてて恥ずかしくないのか、なんて……恥ずかしいですぅ……！」

「……わ、悪かった。すまん」

自分も同じような経験をしていたダイモラは、ダークエルフたちが苦しみだした理由を察して、すぐに謝っていた。

「ま、まあとにかくだ……今のところ作戦は順調だ。私は特に、敵に捕まることや負けることの心配はしていない」

「でも……そんな簡単に降参するでしょうか？」

ここでフォフォスは、原点に戻った。果たしてガイカクの作戦通り、明日には何事もなく決着がつくのだろうか。

仮にも騎士団になるための試験なのに、そんな簡単に終わってしまうものなのか。

「そうだな。もしも私が敵の立場なら、強引にでも夜襲を仕掛けるか、砦に籠って徹底抗戦の構えをとるだろう。だがそれは獣人の理屈、私には彼らの気持ちはわからない。一つ言えることがあるとすれば」

これ以上長居をするまいと、ダイモラはダークエルフたちに背を向けた。

「監視をするものは、臆病なくらいがちょうどいい。お前たちが心配性になっていることも含めて、作戦かもしれないな」

彼女の最後の言葉に、フォフォスたちは少しだけ納得して、また監視に戻った。

双眼鏡に映る砦の中は、深夜であるにもかかわらず火が灯り、慌ただしい治療が行われているようだった。

10

夜明け前、砦内部にて。

多くの負傷者と戦死者が出た砦内部は、深夜を過ぎても騒がしかった。

なにせ、いきなり部隊が半壊したのである。

見晴らしのいいところにある砦で、見える範囲にしかいない数えられる程度の敵で、伏兵がいればすぐわかる状況で。

攻撃の直前までは、誰もが何もかもを把握した気になっていた。だからこそ、負傷者も、負傷していない者たちも、混乱に混乱を重ねていた。

だが指揮官たちは、そうもいかない。混乱している間も、状況の判断をしなければならなかった。

砦の指揮官であるトリマンは、自分と同様に貴族出身である若き将校たちを集めて、今後の方針を話そうとしていた。

「皆、聞いてほしい」

その顔にもはや迷いはなく、苦渋の決断を済ませた後の険しさがある。だがそれは、混乱している若き将校たちにとっては、一種の希望だった。

トリマンと同様に演習でここにきていた彼らは、当然ながら経験が浅い。こんな時どうすればいいのか、誰もわからなかったのだ。

「……明日、いやもうすぐ朝なので明日でもないが……おそらく敵は、降伏を勧告してくるだろう。私たちはそれを受け、捕虜となり、部下を解放してもらい、砦を明け渡す」

だがトリマンの口から出た言葉は、極めて凡庸で、しかも不利益なものだった。全面降伏することを、そのまま伝えただけである。

もちろんそんなことをすれば彼らは敵国に捕らわれるし、帰ったあとも負け犬扱いとなる。

はっきり言って、未来は暗いだろう。若き将校たちは、トリマンへ抗議を始めた。

「トリマン殿!? なんかこう……無いんですか、逆転の切り札とか、奥の手とか、秘策とか!」

「そんなものはない!」

「隠れていた才能とか、覚醒とか、援軍とか!」

「そんなものはない!」

「じゃあ、敵の弱点とか……急所とか……相手がどうやって攻撃してきたのかとか!」

「それは、わからなくもない」

トリマンは指揮官として、生き残った兵士たち、および死体から情報を集めていた。

はっきり言って気分の滅入《めい》る作業だったが、それに見合う程度の情報は得られた。

「北側にいた兵士たちは、全員が死んでいた。彼らは明らかに強い魔力攻撃を受けていて、それが死因だった。他の兵たちは焙烙玉によって、主に下半身へ傷を受けている。これから導き出される敵の戦術は……こうだ」

その情報をもとにした推理を、彼は皆に話した。

「敵は北側に、オーガ二十人を配置していた。そのオーガの陰に、エルフや獣人《じゅうじん》を配置していた……と考えるべきだろう」

「オーガの陰に、エルフや獣人を？」

トリマンの推理は、ほぼ正解に近かった。

違法な魔導兵器《まどうへいき》など知りようがないので、彼が想像できる範囲では満点の答えであった。

「弓矢が届かない距離から、遮蔽物に体を半分以上隠している我らの兵二十人を、ほぼ同時に全員殺す。人間ではまず無理だが、エリートエルフが全力を尽くせばできなくはないだろう。その後獣人が城壁を駆け上がり、焙烙玉をばらまいたのだ」

「なるほど……言われてみれば、簡単な話ですね」

この推理は、他の将校たちには納得のいくものだった。

少なくとも、やってやれないことはなさそうである。

「それだけの魔術を使用すれば、エリートエルフでも疲弊するでしょうね！」

「焙烙玉も、そうたくさんは用意できないはず……」

「だから敵は、一度攻撃してすぐに退いたのか！」

若き将校たちは、大いに沸いていた。

自分たちを半壊させたあの攻撃は、すぐ再開できるものではない。それがわかっただけでも、彼らを大いに安堵《あんど》させていた。

だが肝心のトリマンは、相変わらず苦悶《くもん》の顔をしていた。

「今のは、ただの推論だ。大体……なぜそれほどのエリートエルフがいながら、あんな雑に使い潰したのだ？　誰がどう考えても、普通に運用した方がいい。それに……それだけ高度で強力な魔術を使うなら、相応に大きな魔法陣を構築するはず。北側の兵がそれを見れば、何か声を上げているか、遮蔽物に身を隠すはずだ。なぜそれがない？」

「それは、そうですね……？」

「獣人にしても、焙烙玉を投げてそのまま逃げた、というのがわからない。焙烙玉を投げた後は、普通に戦えばいいだろう？」

あくまでも可能というだけで、なぜそうしたのかはわからない。

そしてもっと言えば、悩む意味自体がない。

「これから話すことが、一番肝心で決定的だ」

トリマンは将校たちへ、冷や水を浴びせる。

「敵にこれ以上の伏兵がいない、というあまりにも都合のいい前提の上で……人間六十人、オーガ二十人からなる部隊に、今の私たちは勝てるのか？」

全員、沈痛な顔で黙った。

未知への恐怖というあいまいなものではなく、具体的な敵への絶望感であった。

「先ほどの攻撃で三十人ほどが死亡した、負傷者はその倍に近い。まともに戦える者は、私たちを含めて十人ほどだろう。しかも全員がほぼ徹夜で、まともに食事も休憩もとっていない。そんな状況で、無傷なうえに一切疲れていない八十人とどう戦う？」

将校たちは青ざめながら、敵の思惑を理解した。

「敵が八十人という数で攻めてきたのは、私たちに籠城《ろうじょう》をさせたかったから……」

「そしてその八十人はまったく疲れていないままで、明日また攻めてくる……」

「駄目だ……絶対に勝てない！」

今回の作戦で、人間の兵士は際立《きわだ》った活躍をしていない。射手や測定手についても、ダークエルフでもできそうであった。

ならば活躍をしていないのかと言えば、そんなことはない。むしろ彼女たちがいたからこそ、こうも円滑に作戦が進んだのだ。

既知の戦力、わかりきっている戦力だからこそ、相手は決まった対応しかできないのだ。

「敵には十分な通常兵力と、決定力を持った伏兵があり、砦《とりで》を攻め落とすのに十分な作戦を練っていた……私たちには最初から、勝ち目などなかった」

「それはわかりましたが……最後に一つだけ、まだわからないことが」

将校の一人が、諦念を交えつつ訊《たず》ねた。

「敵はなぜ昨日のうちに、勝負をつけなかったのですか？　普通に砦攻めをしてもよし、降伏を勧告するもよし……。あの場を撤退したことで、我らは仲間への治療や情報の整理ができてしまいましたよ」

どう考えても、お情けとしか思えない。味方にとって有益だったが、敵の利益が思いつかなかった。

「それだ」

トリマンは、息を吐いた。

「負傷させた、我らの兵の治療が面倒。だから我らにやらせた。情報を整理すれば、絶対に勝てないとわかる。だから情報を整理させた。すべては降伏とその後を、円滑に進めるためだよ」

自嘲気味に、笑いを漏らす。

「あとはそうだな……砦を一日で、一瞬で壊滅させられた、という汚名を我らに着させないためだろう。一日はもった、二日目で降伏した、という体にしてくれたのだろうさ」

「……優しい、のですかなあ」

「いや、傲慢なだけだ。ただし、強者ゆえの傲慢だな」

傲慢な情けを、将校たちは受け入れた。

彼らはほどなく昇った日の出とともに、降伏を申し出たのである。

それをガイカクは受けて、この戦いは終わったのだった。

## 11

つい昨日まで、何事もなく砦で訓練を積んでいた兵士たち。

彼らはいきなり現れた敵軍に対して籠城の構えを取ったが、なにがなんだかわからないうちに壊滅させられた。

そのことへ困惑する彼らはしかし、砦から敗走せざるを得なかった。

足元で焙烙玉《ほうろくだま》がさく裂したこともあって、多くの者は足を負傷している。治療を受けたことで歩けるようになっていたが、それでも足取りは重い。

彼らは寄り添い合い、支え合いながら、砦を後にする。

あまりにも、現実感がなかった。何もかもが唐突で、前置きが無くて、絶望感さえなかった。

指揮官たちは責任を果たすため、人質として城に残っている。そのこともあって、兵士たちは誰にも説明を求めることができないままだった。

誰もが時折、振り返る。自分たちが守っていた砦、自分たちが立っていた城壁を見る。

そこには、明らかに自軍と異なるものが立っていた。

十人の獣人の女たちが、まるで獣の王がごとく、悠然と立っている。そして敗走している自分たちを見下ろしているのだ。

「俺たちは、アイツらに負けたのか」

勝者の存在を知った兵士たちは、絶望感も現実感も欠けたまま、ただ敗北感を味わって去っていった。

「ぷ、くふふふ……はははは！　勝ったぞ！　私たちは勝ったんだ！」

「前回みたいな、はぐれ者じゃない！　ちゃんと訓練を積んだ、百人の正規兵に、私たちは勝ったんだ！」

「奴《やつ》らめ、私たちを見て、慌てて去っていくぞ！」

「すごい、夢みたいだ！　勝者として、敗者を見送れるなんて！」

一方で、見下している擲弾兵《じゅうじん》たちは、それこそ調子に乗っていた。ものすごい俗物感丸出しで、去っていく敵兵を見て大いにはしゃいでいた。

その姿を城壁の内側から見上げている仲間たちは、はっきり言って呆《あき》れていた。特にダークエルフなど、心配しているほどである。

「獣人の皆さんは、その……ああも目立って怖くないんでしょうか。あんな振る舞いをしたら、恨まれそうですが……」

たったの二日で陥落というのは都合がよすぎると思っていた彼女らだが、負傷兵の数と姿を見れば『確かに降伏するな』と納得せざるを得ない。

一方でその負傷兵を露骨に見下せば、必要以上に恨まれるのではないか、と思ってもいた。

「獣人はそういう文化を持っているからな、他の種族では理解しにくいだろう。それにどのみち恨まれるんだから、好きにさせてやれ」

一方でガイカクだけは、獣人の振る舞いに理解を示していた。

「大体な、今回はあいつらが一番危険だったんだぞ？　それを成し遂げたんだ、いい気分に浸らせてやろうじゃないか」

如何《いか》におぜん立てをしたとはいえ、敵陣に突っ込んで爆弾をばらまいてくる、という無茶な役割だった。

それを請け負ったのは、良くも悪くも獣人が『こういう性格』だったからである。それを否定するのは、良くないことであろう。

「今回は各々《おのおの》に役割があったが、獣人が一番の功績を上げたと思っているぞ」

「一番の手柄！」

ガイカクの言葉に反応したのは、オーガたちであった。

普段は前線で戦う彼女らも、今回は獣人部隊を背後に隠していただけである。

なので一番の手柄が獣人であることは認めるが、それはそれとして悔しいところであった。

「あの、親分！　次の任務では、ぜひオーガに出番を！」

「今度の一番手柄は私たちに！」

「いや、お前らは今までさんざん一番だったと思うが……それに無理にねだらなくても、今後もどんどん頼るつもりだし」

「それは嬉《うれ》しいですけども！　今この場でも約束してくださいよ！」

「その信頼をもっと表に出してほしいです！」

オーガも獣人同様に、武勲を求める種族である。基本的には自信たっぷりで余裕があるが、それが崩されると慌ててしまう小者さも持っていた。

「……そうだな、仲間は増えたが、それでもお前たちが一番強い。頼りにしているぞ！」

「……くぅう！　盛り上がってきた！　早く次の任務が来ないかな～～！」

「親分のためなら、なんだってやってやりますよ～～！」

ガイカクからの言葉で、すっかり機嫌を直したオーガたち。

しかしながら、あちらを立てればこちらが立たずとはよく言ったもので……。

「あの、アマルティア団長……じゃなかった、アマルティア隊長！」

「ちょっとこのままだと、不味《まず》くないですか？　仕方ないとはいえ、私たちが地味すぎるような……」

今度は人間の歩兵隊が、不安になり始めた。

元アマゾネス傭兵団《ようへいだん》であり、一番の新参者である。その初陣《ういじん》での役割が、ただの頭数要員というのは、たしかに不安材料であろう。

「え、いやまあ、そうだけど……私たちの必要性は、騎士団長が一番理解してくれているじゃない。それはみんなもわかってるでしょう」

アマルティアも不安に思わないではないが、ガイカクの運用法に不備はなかった。

元々傭兵とは、数合わせ的な側面が強い。これは悪い意味ではなく、抑止力的な意味合いなのだ。だからこそ歩兵隊はガイカクの指示に納得し、全面的に従ったのである。

だがそれはそれとして、先のことを考えると不安にもなった。

「それはそうですけど、あんまり目立たないってことですよ!?」

「私たちの代わりなんていくらでもいるんですから、危機感を持たないと！」

「え、でも、その……命令違反してでも、武勲を求めろってこと？」

「それはそれでアウトじゃないですか！　作戦以外で媚《こ》びを売れって言ってるんですよ！」

「騎士団長に抱かれてきな！」

「え、そういうことはしたくないから、アマゾネスを作ったのに……」

自分の部下から、ハニートラップを仕掛けてこいと言われるアマルティア。

もちろん嫌なので、普通に断ろうとするが……。

「それで全員奴隷落ちじゃないの！　この無能経営者！」

「ごめんなさい……」

周囲からの同調圧力に、屈さざるを得なかったのだった。

12

その晩、底辺奴隷騎士団（仮）は、占拠した砦で夜を明かすこととなった。

騎士団長（仮）であるガイカクは、当然のように一番いい個室をもらった。

とはいえ百人しか収容できないこぶりな砦の、その中で比較的いいだけの部屋である。

豪華なホテルのスイートルームなんてものではなく、小さめの個室にベッドと机があるだけだった。

とはいえ、個室があるのはいいことだ。他の面々のほとんどは、負傷者の手当てで血まみれになったままの大部屋しかない。

その個室に、アマルティアは勇気を出してノックをした。他でもない彼へ、夜戦を仕掛けるためである。

「おう、誰だ……アマルティア？」

「……うう」

ガイカクは無警戒に扉を開けるが、そこにいる彼女を見て驚いた。

ローブのようなものを羽織っているだけで、あとは下着である。さらされている素肌には傷が刻まれているが、それが問題にならないほどの色気があった。

だがガイカクが面食らったのは、彼女の服装というよりも表情であった。どう見ても、自分の意志でここに来たように見えなかったのだ。

「とりあえず、中に入れ」

「はい……」

ぐいっと部屋に引き込むガイカク、それに身をゆだねて入るアマルティア。

ここまでの段階なら、女の宣戦布告に男性が応じた、と思われても不思議ではない。

だが部屋に入れたガイカクは、アマルティアをベッドに座らせると、自分は机にそなえられていた椅子に腰かけた。

「お前にその気がないのは、見ればわかる。部下から、俺に抱かれてこい、とでも言われて来たか」

「はい……」

嫌がる女を抱く趣味は。ガイカクにはない。アマルティアの事情を酌《く》んだうえで、アマルティア自身の気持ちを大事にしていた。

「今日はそのままベッドで寝ておけ、口裏は合わせておいてやる」

志を共にした仲間に売られたかと思ったら、主《あるじ》から紳士的な対応をされてしまった。

その優しさに感極まったアマルティアは、心のままに弱音を吐いた。

「ううぅ……アマゾネスのみんなとは、固い絆《きずな》で結ばれていると思ったのに……」

「仕方ねえだろう、その絆で道連れにされかけたんだからな」

ガイカクはアマルティアに同情するが、部下たちの無理強いにも理解を示していた。

「お前の志は立派だが……具体的なプランがないのにやることじゃなかったな。一般兵は『上が考えてるんだろう』と思っているし、それでいい。だが経営者、指揮官がそれじゃだめだ」

「周りの人と同じことを……」

「それだけ普通のことだ……まあ言われても難しいんだがな」

理想を貫くための集団なのだから、その理想を軽んじることはできない。

だが現実から目を背けていたため、アマゾネス傭兵団は奴隷に落ちた。

「だがな、勘違いするな。あいつらはまだ、お前を見捨てていない。これから頑張れば、また見直してくれるさ。だから捨て鉢にならず、頑張って行けよ」

アマゾネス傭兵団団長、アマルティア。実に典型的な……悪い見本であった。

だがそれは経営者としての話であり、それ以外の面ではそれなりであった。

「……騎士団長、やっぱり私たちには……歩兵隊には大手柄が必要だと思うんです」

「なんだ、藪《やぶ》から棒に」

「ぶっちゃけた話、私が騎士団長に抱かれたとしても、部下の不満は解消されないと思うんです……」

「それはそうだろうな。というか、俺に体を差し出したら奴隷落ちの恨みがチャラになるって、どんだけ俺をバカにしているんだって話なんだが……」

傭兵団長から歩兵隊長になったアマルティアに対して、歩兵隊は一応従っている。しかし信頼は大いに損なわれている。

これでは先々の難しい任務の際に、統率が乱れかねない。

アマルティア本人は、それをちゃんと理解していた。

「大きな手柄を歩兵隊が得れば、不満も解消されると思うんです」

「おっ、そういう考えは好きだぞ。過去の罪は消えないから、他のことで帳尻を合わせて、機嫌を取るってわけだな。ひひひひ！　お前も隊長っぽい判断ができるじゃねえか」

「そういう言い方はないですよ……まあそうなんですけども」

過去の罪はなかったことにできないので、別のことで機嫌を取ろうとする。その思考自体が既に小賢《こざか》しいが、手っ取り早くはあった。

そしてアマルティアの部下たちも、それを求めているだろう。

「アマルティア。お前たちには悪いが、この底辺奴隷騎士団（仮）に配慮で仕事を回す余裕はない」

「そ、そうですよね……」

「ひひひ、だがな。逆に言って、お前たちに楽をさせるほどの余裕があるわけでもない。次あたり、どかんと大手柄が来るかもな」

「そ、そうだといいんですけど……」

活躍できなかったらどうしよう。そんな幼稚な悩みを抱く部下を、ガイカクはのんきなもんだ、と笑っていた。

（次あたりは、被害者のいる仕事が来るかもな。その時になっても、そんな夢見がちなことが言えるかねえ……ひひひひ）

その笑みは、若く淡い夢を、内心小ばかにしている年長者のそれであった。

13

騎士団の本拠地、騎士団総本部。そこへ戻ったティストリア。

彼女は現在、各地から寄せられている任務を、どの騎士団に任せるのかを精査していた。

もちろんものによっては突っぱねるし、必要だと判断しても少しは待たせている。

その中で一つ、難しいものがあった。

ただ倒すのが難しいとかではなく、もっと複雑な、はっきり言えば関わるのが嫌な案件だった。彼女はその案件をみても、眉一つ動かさない。

彼女の仕事は被害者の心に寄り添うことではなく、事務的に、的確に処理することだけである。

一々心を動かされて業務に支障が出れば、ただ解決が遅くなるだけだった。

もちろんガイカクが砦《とりで》を攻略したという報告書もここに届いており、それを読んだ後で一つの事件の書類を側近に預ける。

「この任務を、ガイカク・ヒクメへ」

「……こ、この任務をですか⁉」

「どのような問題が？」

「まだ正式な騎士団となっていない集団を派遣するのは……この任務は重すぎるかと」

「なるほど、この任務は正式な騎士団を派遣するべきだと。では他の任務はこれよりも順位が下がると？」

「……そうは、申しません」

「貴方《あなた》の懸念《けねん》は理解できます。しかしどの任務もこなせなければ、騎士団と認めることはできません。ならば、この任務を預けることも、私の責任においてなすべきでしょう」

ガイカク・ヒクメ率いる一団が、正式に騎士団へと昇格するための最後の仕事。

それは、それこそ騎士団でなければ解決できないことだった。

「承知しました……そのうえで、あえて申し上げます」

「なんでしょうか」

「もしもこの件を完全に、依頼者の満足のいく結果で終わらせられれば……私も全面的に、彼を騎士団長と認め、彼が率いる者たちを騎士団と認めます。私の誇りにかけて、です」

上が言っているから認めるのではなく、自分の意思で認める。騎士たる彼は、そう宣言していた。

その案件とは『違法薬《いほうやく》ダッチャラを製造している魔導士《まどうし》の討伐』であった。

# 第六章　騎士、かくあるべし

## 1

ガイカク・ヒクメ率いる一団は、ティストリアの指示に従って砦を占拠していた。幸いというべきか敵国が奪還に動くことはなく、確保している間に戦闘は起きなかった。

だが魔力攻撃や焙烙玉《ほうろくだま》によって砦に被害が生じたため、その復旧のためにガイカクの部下たちは慌ただしく働いていた。

しかしオーガが二十人もいて人間が百人もいれば、大抵の工事はすぐに終わる。ガイカクたちに替わる、引継ぎの兵士が来る頃には復旧作業のほとんどが終わっていた。

そう、引継ぎの兵である。極めてまっとうな、正規兵による普通の軍隊。百人ほどの兵士たちが、砦にやってきた。

その彼らを、ガイカクの部下たちは緊張した面持ちで見ている。

もちろん、彼ら自身が問題なのではない。彼らが持ってくるであろう、ティストリアからの指令が問題だった。

その任務を達成すれば、彼女らは晴れて騎士団となる。

そう、騎士団になるのだ。これから先の人生がどんなものかわからないが、騎士団になる機会などもう二度とあるまい。そして騎士団に入ったことがあるのとないのとでは、人生の彩《いろどり》がまったく違う。

だからこそその指令が、どうか達成可能であってくれと願っているのだ。

そんな面々の思いとは関係なく、指令はガイカクの元に届いた。

「ガイカク・ヒクメ殿ですね？　騎士総長《きしそうちょう》ティストリア閣下より、指令を預かっております」

ガイカクはこの砦の主の部屋で、その指令書を受け取った。そのすぐ傍《そば》には、やはり不安そうなソシエが控えている。

「ひひひ、ご丁寧にどうも……」

「砦の防衛を我らに引き継ぎ、この指令書をこなせと……」

「はい、たしかに……！」

ガイカクは己の命運を大きく変える指令を受け取ると、その内容を確認した。

彼は目を見開いて驚き、しばらく黙ってしまう。

その動揺ぶりに、指令書を届けに来た兵士も、ソシエも大いに驚いていた。

だがその二人が正気に戻るよりはやく、ガイカクが正気に戻っていた。

「確かに受け取らせていただきました……それでは引継ぎの方、よろしくお願いします」

「は、はい……！」

指令書を渡しに来た兵士も、それが『騎士団の本採用試験』であることは知っている。

正直に言って、その内容が気になっていた。騎士団として認められるほどの任務とは、いったいどれほどなのかと。

しかしたまたま偶然聞いてしまったならともかく、こちらから積極的に聞くことなど許されない。兵士は惜しむ気持ちを抑えて、潔《いさぎよ》く部屋を出て行った。

「ふう」

部屋に残ったガイカクだが、しばらくすれば出ることになる。この砦を退去し、次の任務先に向かうのだ。

だが、ガイカクは椅子に座って動かなかった。いや、座ったまま小刻みに震えていた。

「ははは！」

そして、愉快そうに笑いだした。その振る舞いに、ソシエは困惑を隠せない。

「あ、あの、先生……どんな指令だったんですか？　私、他の子にも説明しないといけないんで、できれば聞きたいんですけど……」

「ん？　あ、ああ……ソシエ、ちょうどお前にも関係あることだな」

ガイカクは愉快そうに笑いながら、指令書の内容を教える。

「少し前からボリック伯爵の領地に、ダッチャラっていう薬が出回っていただろう？　それを作っていた奴《やつ》の居場所が見つかったんで、潰してこいだとよ！」

「……それの、何が面白いんですか？」

「ダッチャラは、違法魔導薬《まどうやく》だ。つまり……作っている奴は、違法魔導士だ！」

ガイカクが腹を抱えて笑っている理由が、ソシエにもわかった。だが彼女は、ただただびっくりである。

「そうそう！　いやあ、わざとやってるのかってぐらいの、できすぎた指令だなあ！」

違法魔導士ガイカクが法秩序の執行者となって、別の違法魔導士を叩《たた》くのだ。しかも達成すれば、国家公認の騎士団長となるのだ。確かにこれは、笑いたくもなるような話である。

その一方で、ソシエは少し不思議そうにしていた。

「あの、結局ダッチャラとはどんな薬なんですか？　露天市では、万能薬だって言って売っていましたけど……まさか本当に万能薬なんですか？」

「そんなわけあるか」

万能薬、という言葉はあっても、実際に万能な薬などあるわけがない。

ただの売り文句に過ぎないと、ガイカクは断じていた。

「ダッチャラは鎮痛薬、つまり痛み止めだな。大抵の傷みを和らげるし、風邪の苦しさにも効果があるぞ」

「ああ、そういうことですか」

どんな苦しみにも効果がある、という意味での万能薬なのだろう。何も知らないものからすればすうっと痛みが引く凄《すご》い薬であるが、誇大広告もいいところである。

「とはいえ、鎮痛薬を作って売っているだけなら、俺たちに……というか騎士団に話が来るわけがない。騎士団でなければ解決できない『事情』があるんだろう」

「そうですよね、どこにいるのかわかっているのなら……普通に現地の領主様がなんとかしますよね。騎士団に依頼が来たってことは……」

「ああ、領主はもう負けた後だろう」

「先生に私たちがいるように……敵の違法魔導士にも戦える部下がいるってことですか？」

現地の領主が兵を率いても討伐できなかった、違法魔導士。

ガイカクがそうであるように、違法な魔導兵器《まどうへいき》を部下に配って戦わせているのだろう。

「間違いなく、いるな。薬を専門にしている魔導士なら、筋肉強化薬《きんにくきょうかやく》ぐらいは配っているかも……ひひひひひ！」

愉快そうに、ガイカクは笑った。

「ソシエ、いい機会だ。俺以外の違法魔導士を、よく見るんだな」

それは『普通の違法魔導士』を知らぬ彼女を、悪戯《いたずら》げに嘲る笑いであった。

「比較対象がわかれば、より一層俺の凄さがわかるだろう？」

2

指令を受けて砦《とりで》を出たガイカクたちは、一旦拠点に戻った。そしてダークエルフ、獣人《じゅうじん》たちを置いていく。

自前の馬車にオーガ、エルフを乗せて、人間の歩兵を伴って、およそ一週間。

ボレアリス男爵が治める、小さな領地。

貴族の住まう屋敷《やしき》としては、最下級に位置する大きさの……ちょっと裕福な商人の家よりも小さな屋敷に、彼はソシエを伴って訪れていた。

お世辞にも裕福とはいいがたい、質素な貴族の館。その寝室に入ることを許されたガイカクとソシエは、そこで館の、この領地の主《あるじ》に会う。

この質素な館、小さな領地にしても、小さい領主であった。

「このたびは、わがりょうちへ、よくぞいらしてくださいました」

ボリックの息子と比べてもなお幼い、小さな子供。

やせたその少年は、ベッドで横になったまま、懸命に挨拶をしていた。

その健気《けなげ》な姿をみて、隣に立つ執事の男性は涙ぐんでいる。ソシエもまた、言葉を失ってしまった。

「このようなすがたで、もうしわけない」

「アルラ・ボレアリス男爵様……この度は直接お目通りが叶《かな》い、光栄の至り……病床でありながら、公務に勤《いそ》しむそのお姿、まこと貴族の鑑《かがみ》にございます」

たどたどしい子供の口調。

ガイカクはそれに合わせて、できるだけ聞き取りやすいように話していた。

「ただ……男爵様と直接お話をする栄誉は我が身には過ぎたる幸福。執事の方、よろしければお話を」

「はい……」

老齢の執事は、よく見れば体に包帯を巻いている。つい先日、戦場に立ったかのようであった。

その彼は、ガイカクへ小瓶を渡してきた。恭《うやうや》しい装飾の施された小瓶には、液体が入っている様子だった。

「こちら、我が領地で売られていた『ダッチャラ』にございます」

憎々し気に、執事は万能薬、ただの痛み止めに憎しみをぶつけていた。

それ自体に何の害もないとわかったうえで、呪わずにいられなかった。

「とある魔導士《まどうし》がこの地に訪れ、この薬を万能薬だと嘯《うそぶ》いて売りさばきました。無学な領民はもとより、我が家の奥様……お体の弱かったアルラ様のお母さまも、違法薬《いほうやく》だと知らぬまま……新薬だと信じて、これを服用しておりました」

如何《いか》に領主とはいえ、この国のすべての法律に精通しているわけではない。

数多《あまた》ある違法薬の、その一種。それもほぼ無害な薬について、詳しく知っているわけがなかった。

専門の魔導士《くすし》が『新薬です』と言って売りにくれば、信じても不思議ではない。

「奥様の体調は、たしかによくなったのです。ですが薬が切れれば、なお苦しみ……この薬がただの鎮痛薬だと知ったときには、もう……」

（そういうことなのね……）

老執事の言葉を聞いて、ソシエは気付いた。彼女は今まで『なぜダッチャラが違法になったのか』をまるで考えていなかったが、その疑問を抱くより先に答えが現れたのだ。

鎮痛薬は、決して悪ではない。だが重い病気の患者に投与しても、苦しくなくなるだけで、病気が治るわけではない。むしろ適切な治療をしないことで、悪化を招きかねない。

意図的かどうかはともかく、こういうことが何度も起きたからこそ、ダッチャラは違法になったのだろう。

「先代様は、私どもを率い、その魔導士の元へ攻め入りました。せめて痛み止めだと言って売っていればよかったものを、万能薬と騙《だま》して売ったこと……あまりにも許しがたく、討ち果たそうとしたのです。ですがそこには、この世の者とは思えぬ人間がおりました」

「……肉の膨らんだ化け物、ですか？」

具体的な情報を出す前から、ガイカクは言い当てた。

彼の表現を聞いて、実物を見ていた執事は驚く。まさに、その通りの姿だったのだから。

「ご存じなのですか？」

「ええ、専門ですので」

「さようですか……あの怪物どもによって、先代様は逆に……お供をした我らも半数以上は落ちて……情けないことに、仇討《あだう》ちもできず……」

涙を流す執事。

その彼をねぎらうように、病床の少年は声を発した。

「ほんらいであれば、あととりであるわたしが、みずからたたねばなりませんでした。ですが、このすがたでは、とてもうまにのれず……」

（おそらく、この子も……）

幼き男爵アルラもまた、病気が治ったと勘違いして、病気を悪化させたうちの一人だ。

ソシエもそれを察して、思わず視線を切る。

「男爵様!?　もう、ご無理は！」

「どうかおねがいします、きしどの……このちにせいぎがあると、おしめしください」

今にも息絶えそうな少年。

その彼に対して、ガイカクはいつものように、礼をする。

「万事、おまかせあれ」

「ああ……ありがとうございます」

ここまで言うと、少年は安堵《あんど》したのか眠りについた。その弱り具合から、明日目が覚めるのか怪しいだろう。

ソシエは、思わず震えていた。だが彼女がここで震えても、何もならない。そもそも、そのために来たわけでもないのだから。

「執事殿。男爵様の手前、色の良い返事をいたしましたが……この地に正義があることは証明できませぬ」

ガイカクはフードで顔を隠したまま、悪事をそそのかすように、怒りと無念に震える執事へ語り掛けた。

残虐に笑っていると伝わるほどに、その言葉は悪意を持っていた。ただし、その悪意は厚情の悪意であった。

「しかし奴らには、心底からの後悔を味わわせてみせましょう……正義の鉄槌《てっつい》よりも残酷な、私の流儀での裁きをね……ヒヒ、ヒヒ、ゲヒヒヒヒ！」

けっしてきれいには終わらせない、そんな暗さのある笑いだった。

だが執事も、それへ嫌悪《けんお》を示さなかった。そう男爵はともかく、執事は『正義』など望んでいない。

「頼もしい限りです」

悪徳を貪ったものに、然《しか》るべき報いを。それがあるならば、どんな邪悪でも構わなかった。

# 3

ボレアリス男爵領にて……悪徳を働く魔導士がいた。

ただの鎮痛薬を万能薬だと偽って売りさばき、多くの金銭をだまし取った詐欺師である。

その魔導士の拠点は、もはや軍事拠点に近い。高い岩壁はなくとも木製の壁がならび、その内部には武器庫や兵の宿舎まであるという。

ガイカクはその拠点へ、攻め込んだ。

重装歩兵《オーガ》二十人、歩兵《にんげん》百人、砲兵《エルフ》二十人、しめて百四十人の兵力である。複合兵科、複合種族の軍であることも含めて、なかなかの編成である。

今回は複合魔力式砲塔《デモン・タワー》を持ってきていないためエルフは遠距離攻撃ができないのだが、そんな大掛かりな仕掛けを使わなくても、このまま普通に攻め込むだけで勝てる。いやそもそも、戦う前から相手が降参しても不思議ではない。

だがしかし、その拠点から現れたのは、自信満々のやせた男だった。

「おやおや……男爵殿の手勢を打ち負かしたので、次は騎士団が来るかと思っていましたが……」

高級品の眼鏡をつけている、汚れた白い服を着ている、いかにも学者といった姿の男。

年齢はおよそ四十代後半といったところだろうが、表情には幼稚さが透けていた。

「どう見ても、そうは見えませんねえ？」

「まー、そうだな。騎士団様は大変お忙しいんでねえ、お前さんみたいな小者相手に出張ってこないんだよ」

ガイカクもまた先陣を切り、その学者らしき男と話し始めた。

飄々《ひょうひょう》としているようで、相手を大いに挑発していた。

「で、見習い坊や。自己紹介ぐらいはできるかい？　もちろん知ってはいるが、お前のお口からきいてみたくてねえ」

「見習い坊やとは……くくく、年長者を敬うという基本も、親から習わなかったらしい。まあいいだろう、年長者は寛大でなくてはな」

幼稚な顔で、学者は名乗った。

「私はタンロウ……魔導士だよ」

その名乗りを聞くと、ガイカクの部下たちは少しだけ動揺する。

わかっていたが、相手も違法魔導士。ガイカクと同様、何をしてきても不思議ではない。

ただのやせている男から、底知れぬオーラが出ていると錯覚してしまう。

「ガイカク・ヒクメ、魔導士だ」

その一方で、ガイカクは実に堂々としたものであった。

「ほう、やはり……私と同じ、魔導士か」

「まあもっとも、こんな田舎で詐欺をやらかす小者とちがって、騎士総長《きしそうちょう》ティストリア閣下から御用を仰《おお》せつかるほどの、天才魔導士様だがな」

いかにも幼稚な挑発だった。こんな悪態、真面目に取り合う大人はいない。

「お前と一緒にされると困る」

「はあ⁉」

だがしかし、いっそ意外なほどに、タンロウは怒り始めた。

「天才⁉　天才⁉　誰が⁉　お前が⁉」

「実際そうだろう？　俺がここにいるのが、その証明だ。男爵の親戚が来たならともかく、まったくの他人が男爵領にいる理由は、騎士団から派遣されてきた以外にない」

「あのお美しいティストリア様が……お前のような若造を、信頼して、派遣してきた？　ありえない！　そんなこと、あっていいわけがない！」

とんでもなくわかりやすく動揺し、憤慨し、激怒した。

「天才とは！　あの方のためにある言葉だ！」

「まあ、それは認める」

「認めるな！　お前ごときが……お前ごときが、あの方にお会いできるわけがない！　そのはずだ！」

「ふぅむ……なるほど。お前、見たことはあっても、話したこともないな？」

「！！！！！！」

声にならない奇声が、タンロウの口から出た。地団太を踏んで、腕を振り回した。そして、息切れを起こし始める。

「はぁ……はぁ……！」

「まあいいさ、口喧嘩《くちげんか》なんて大人のすることじゃない。そろそろやろうぜ」

「そう、だな……！」

タンロウは息を整えてから、宣言をする。

「私の力を、騎士団長殿に、ティストリア様に見せつける……。不遜にもあの方の傍《そば》にいる、騎士団長どもを降《くだ》せば……私の力を、私の存在を、私の魔導を認めざるを得なくなる！」

常識で考えれば、悪名を高めても騎士団に入れるわけもない。しかしそれもわからないからこそ、彼は更に悪行を重ねようとする。

彼こそティストリア直属の騎士たちが恐れていた、乱暴狼藉《ろうぜき》を働く輩《やから》に他ならない。

「お前などに、手間をかけるわけにはいかん！　出てこい！　タンロウ隊よ！」

タンロウの合図で拠点から出てきたのは、異様な風体をしている人間の男たちだった。

一言で言えば、筋肉の化け物だろう。

鍛錬で得られるとは思えないほど、異常に筋肉が盛り上がっている。その筋肉を見せつけるように、ほとんど防具を身に着けていない。

なんなら下着も最低限であり、露出度が異様に高かった。

「ようやく、出番かよ……」

「まあいいさ、暴れられるんならな」

「この体を得たのに、戦えないってのは悲劇だぜ……」

人間とは思えない、醜い筋肉の怪物たち。

そのおぞましい姿に、ガイカクの部下たちは震えた。だがガイカクだけは、それを知っていたのであっさりと流す。

「筋肉《きんにく》強化薬《きょうかやく》ホテイヒルトか……ご禁制の品だな。安易に使えば死を招くゆえに、封印されて久しい代物だ」

「ええ、そのとおり。対象の寿命を縮め、発作的な死のリスクも付きまとう、危険な薬。太古に封印された、違法薬《いほうやく》ですよぉ」

体を震わせながら、よがりながら、タンロウは笑った。

「私はそれをこの時代に復活させたのです！　まさに天才の所業！　ティストリア様に並びうる頭脳！」

「……まあいろいろおいておいて。そこの見習い坊主《ぼうず》はともかく、その部下のおっちゃんたちはそれでいいのか？　そんなに筋肉が膨らんでいると日常生活に支障をきたすだろうし、何よりすぐ死ぬぞ。というか、既に体調も悪いはずだ」

魔導薬物による筋肉の強化。それは当然リスクをはらみ、死と隣り合わせとなる。

そのリスクを背負うのは、薬を作っているであろうタンロウではなく、服用している者たちだ。それについて納得しているのか、ガイカクは訊《たず》ねた。

「そうだな、それで？」

二十人ほどの『屈強な』男たちは、だからなんだと言わんばかりだった。

「で、薬を使わなかったら死なないのか？　未来永劫《えいごう》生きられるのか？」

「平凡な俺たちが、武で名を上げることができるのか？」

「確かに体はきついが、鍛錬をしても同じようなもんだろう。薬に頼って、何が悪い」

ガイカクの部下たちからすれば、わからないでもない理屈だった。だがだとしても、実際にやるとなれば常軌を逸している。それが二十人も揃《そろ》っているなど、ありえないことだった。

「……お前らみたいに乱用する輩がいるから、その薬は封印されたんだ。適量を飲む分には、そこまで体に悪影響は及ぼさない薬のはずなのにな」

だがしかし、ガイカクは知っている。世の中には、こういう輩が一定数存在すると。

不正を働くことそのものに、価値を見出《みいだ》す輩がいるのだと。

「なんだ？　こういう薬は卑怯《ひきょう》か？」

「武器防具を身に着けるのはアリで、弓矢や魔法で遠くから攻撃するのはアリで、多人数でボコるのもアリで、殺すのもアリで……」

「薬だけはナシ、なんてのは通らないだろう」

そして、まさにそういう男たちだった。

彼らは自分たちに何一つ恥じるものがないと、力を見せつけるように手にしていた大きめの武器を振り回していた。

「それがお前たちの持論ならそれでいいが、まあ問題ないさ。その薬で筋肉を膨らませても、こっちのオーガと互角がやっとだろう。それなら残る百人の人間が加勢すれば……」

「ははははは！　そうだな、その通りだ！　こいつら二十人は、並のオーガぐらいの力しかない！　男爵の兵を相手にするにはこれでも足りたが、同数のオーガに加えて百人も兵がいればさすがに分が悪い。だが私は、この天才は！　元々騎士団を想定していたのだ！　だからこそ、この状況も想定内！　いや、想定よりもずっと下だ！」

白けているガイカクに対して、タンロウはあくまでもテンションが高い。

「騎士団を倒すために用意した『特製の薬』だが、試験にはちょうどいい。お前たち、使え！」

「ふんっ……えらそうに。まあいいさ、使うとするかあ」

「女ってのは残念だが、オーガが相手ならまあいいよなあ」

「力自慢相手にこれを使うってのは、最高だな！」

タンロウ隊と呼ばれている荒くれ者たちは、露出している体に何かを突き刺した。

わずかな時間が流れた後、彼らの筋肉は踊るように伸縮を繰り返していく。

目視で脈がわかるほどに血圧が上がり、筋肉から膨らんだ血管がはち切れそうになっている。

ただでさえ異様な姿が、さらに異様になる。ガイカクはそれを見て、何が起きたのか理解する。

「瞬間増強薬《しゅんかんぞうきょうやく》、ホップアッパー……短時間しか効果がないが、ホテイヒルトの強化に効果を上乗せできる薬……これも違法だな」

「ははは、知っては、知ってはいるようだなあ！　勤勉で結構！　嬉《うれ》しいよ、知っていて！　だが知っているからこそ、どうしようもないとわかるはずだ」

自らは貧弱な体のままタンロウは誇る。

自分の作った薬の凄《すご》さを、これでもかと誇示する。

「普段のタンロウ隊は一般的なオーガに匹敵するが、今はその数倍上を行く！　それが二十人もいれば、騎士団さえ呑《の》み込むだろう！」

「……そううまくいくとは思えないが、一つ言わせてもらおうか」

ガイカクは、ここで笑った。

「なんだ、命乞いか？　聞く耳は持たないぞ？　ん？　それでも言ってみるか？」

「いや、お前たちにいうことはもうない。オーガ隊、わかるな？」

彼は自分の部下、オーガの重歩兵隊へ指示を出す。

「使え」

「……はい」

まるで再現するかのように、オーガたちも『分厚い革鎧《かわよろい》』に覆われた『体』へ、なにかを刺した。

するとやはり、タンロウ隊と同じように筋肉が躍動し始める。その効果を見て、タンロウもタンロウ隊もうろたえだした。

「は、はあ!?　な、なんで？　なんでお前がそれを、ホップアッパーを使えるんだ!?」

「いやいや、さっき俺も自分を天才って言っただろう？　これぐらい作ってるさ、天才なんだから」

「それは……それは!?」

まさかオーガがホップアッパーを使うとは思わなかった。

タンロウは取り乱すが、タンロウ隊もそれどころではない。

「ふ、ふざけんな！　なんでオーガが薬に頼ってるんだ!?」

「これはタンロウしか作れないって話だろうが！　おかしいだろ!?」

「意味がわからねえ！」

力自慢であるはずのオーガを、その上を行く力で圧倒する。

その快感を期待していた者たちは、相手も同じことをし始めたので驚愕《きょうがく》した。

「おいおい、お前たち。その薬に記憶障害の副作用はないはずだが？」

その彼らを、ガイカクは煽《あお》った。

「薬を使うのは卑怯じゃない、なんなら誇らしいことだ、って言ってたのは誰だ？」

「そ、それは……！」

「お前たちは自分でも『卑怯』で『ズルい』ってわかってたんだよ。卑怯でズルいことをしていると自覚しているから、相手がやると文句を言うんだ」

勝ちたいだけで、強い相手と戦いたいと思っていない。蹂躙《じゅうりん》したいだけで、五分の条件など求めていない。

リスクを負っているだけで、卑怯者であることに変わりはないのだ。

「さあ、頭数も使っている薬も、おそらくは筋力もほぼ互角……お前ら、やっちまえ！」

「はい、親分！」

ガイカクの指示に従って、オーガの重装歩兵は前進する。その動きは、普段以上にパワフルだった。

「た、タンロウ隊、頼む！　や、やれ！　相手は女だ！」

その圧力に、タンロウはひるむ。悲鳴を上げながら、己の頼みとする配下へ嘆願した。

「だ、だけどよお！」

タンロウほどではないが、タンロウ隊も同じようなものだ。嘆願されても、ハイわかったと頷《うなず》けない。

「ここでお前たちが逃げたら、私は捕まるか殺される！　そうなれば誰がお前たちに薬を与えるんだ⁉　副作用が起きた時、誰が面倒を見るんだ！」

だがどのみち、タンロウにもタンロウ隊にも、退く道などなかった。

「く、クソがあああああ！」

かくて、両陣営の力自慢は戦いを始めた。

片や筋肉を強化した、裸同然の人間の男。片や筋肉を強化した、毛むくじゃらの鎧を着たオーガの女。

両者ともに、通常の人間では到底持てない重さの武器を、消えるように速く振るう。

筋肉の怪物同士がぶつかって、すさまじい轟音《ごうおん》が周囲に響き渡った。

「く、くわあああああ！」

「きゃあああ！」

ガイカクの他の部下、人間もエルフも、その音だけで悲鳴を上げている。

「まあ落ち着けよ、これから騎士になるんなら、これぐらい耐えないとな」

だがガイカクだけは、泰然としたものだった。部下をなだめる余裕まで見せている。

「なんなのだお前はさっきから！　この私の、この、私の！　ティストリア様へ近づくための第一歩を、それを！　お前は！　私の薬を真似《まね》して！　盗んで！」

その泰然とした雰囲気が気に入らないのか、タンロウはガイカクをののしる。だがやはり、ガイカクはまったく動じていない。

「真似だの盗むだの、お前が製造法を確立したわけでもないだろうに……それよりもいいのか？　このまま見ているだけで」

完全に傍観者となった、ガイカクとタンロウ。

その二人の前で、男と女、人間とオーガがしのぎを削っている。

筋力は互角のはずだが、明らかにオーガが優勢だった。

「互角の相手と同数で戦うって時はどうかと思ったけど……」

「こいつら、思ったより強くないねえ」

「力は互角のはずなのに、なんかぎこちないって言うか？」

いっそ戸惑うほどに、オーガたちは圧《お》している。

互角であるはずの力と力をぶつけ合って、なぜか自分たちが圧倒的に勝っている。

その理由は、タンロウ隊の方がわかっていた。

「くそ……くそおおお！」

「筋肉が邪魔で、腕が曲がらねえ！」

「失敗したんだ！　薬を使い過ぎたんだ！」

筋肉は太ければ太いほど筋力を増すのだが、それは筋力に限った話であって、運動能力の話ではない。

筋肉をつけすぎると、まるで肉襦袢《にくじゅばん》を着ているように、関節の可動域が減る。可動域が減れば、運動能力は下がる。

そして同じ太さの筋肉でも、体が大きければ可動域を狭めずに済む。

タンロウ隊も人間基準ではそれなりに大柄だが、オーガである重装歩兵隊に比べると小さい。

つまり残酷なことに、種族の違いがそのまま性能の差になっている。

「力で圧倒できる相手なら、あの膨らみぶりでも何とかなっただろうが……互角だときつそうだな」

「そ、そんな……私の薬は完ぺきだった！　完璧のはずだ！　なぜ結果が違う!?　同じ薬……いや、天才の私が作ったのだから、性能もこちらの方が上のはずだ！」

「……お前、本当に見習い坊主《ぼうず》だな」

自尊心に反する戦況を見て、タンロウは学の足りないことを吐く。

そのみっともない振る舞いに、ガイカクは呆《あき》れていた。

「天才でも馬鹿でも、レシピ通りにやれば薬はできる。誰がやっても結果は同じ、それが魔導だろう？」

「それは……いや、だが！　私は天才で、だから、その……同じ薬でも、効果が違うはずで……」

「お前は薬の製作には成功したよ。失敗したのは用法用量、あとは運用だな」

「私に説教をするな‼　そ、素材が悪いんだ！　私は人間に薬を使ったが、お前はオーガを連れて来た、それが私の敗因だ！　私は悪くない！」

「まあそうだな、それも間違ってない。でもいいのか？　ちょっと薬で強化されたあいつらに、お前の部下は負けてるぜ」

「だから何だ！　私の負けじゃない！」

「本物の騎士団が来た時、結局勝てなかったんじゃないか？」

「……！　あ、あああああああ！　違う、違う、違う！　私は普通の人間とは違う！　優れた魔導士《まどうし》だ！　天才だ！　だから、この結果は間違っているんだ！」

「失敗かどうかにこだわるなんて、一々素人《しろうと》だな」

天才を名乗る割に、具体的な理由を述べないタンロウ。

その姿は、あまりにもみっともなかった。

「その振る舞いを見るに、大昔の魔導書を見つけて、それを解読しただけだな？　本に書いてあるレシピをなぞって、効果が出て、それを自分の実力だと言い張ってるだけだな？」

「……ち、ち、ち……」

「見習い坊や……見な、検証結果が出るぜ」

武器と武器の打ち合う音が、だんだんと減っていく。

それとは別に、何かの折れる音が出始めた。

「あ、ああああ！」

「ぐ、あああ！」

過剰なほどの筋肉だるまたちが、無様に地面に転がっていく。

筋肉に覆われた手足が、折れ曲がっているのだ。それも殴られて折れたとかではない、打ち合いをしているうちに勝手に折れたのである。

筋肉と筋肉のぶつかり合いに、彼ら自身の骨が音を上げたのだ。

「こういうのを、力におぼれたって言うんだろうなあ。筋肉を肥大化させて力を上げても、支える骨の強度が足りなかったな。まあ危ないお薬のせいで内臓がやられてたから、普通よりも骨が脆《もろ》くなっていた可能性も……」

「あ、ああ……」

「この分なら、エリートオーガと戦っても、同じようなもんだっただろうなあ」

自分の作った薬なら、騎士団に勝てると思い上がっていた。

実際どうなのか試験したところ、結果は否《いな》だった。タンロウは青ざめ、言葉を失う。

「で、見習い坊や。あの薬を、より強くする研究とか、そういうのはあったのか？　アレがダメなら、それでおしまいか？」

「……う、うるさいぃいいい‼」

とここにいたって、タンロウは叫んだ。

自分を擁護できないと見るや、相手のことをこき下ろすことにしたのである。

「お前はどうなのだ、お前は！　結局素材の差で勝っただけだ！　いやむしろ、私でもテイストリア様のお傍《そば》に居られると、御用聞きが勤まると証明したようなものだ！」

「ほほう」

「お前自身と私自身、どこが違うのだ！　どうだ、反論できまい！」

「反論できなかったのが、そんなに悔しかった、と。ひひひひひ」

外傷を一切受けないまま、タンロウは崩れていた。

それでも口で攻撃しようとするが、ガイカクはそれをあっさりと流す。そして、勝利した自分の部下をねぎらった。

「お前ら、もう脱いでいいぞ。それ、もう使えないだろう？」

「親分……はい、実はもう、中の骨が折れてまして……」

「最近のは結構もったんですけどねえ、あのお薬を使うと潰れちゃうのは変わりませんか」

ガイカクに促されると、オーガの女戦士たちは『鎧』を脱ぎ始めた。

傍《はた》から見れば着ぐるみか、毛むくじゃらの肉襦袢にしか見えないそれを脱ぐと、そこには汗だくのオーガの体があった。

薬の副作用など一切感じさせない、健康そのものの肉体があった。

そう、オーガの重歩兵たちは、自分の体に薬液を入れていない。薬が投与されたのは培養骨肉強化鎧《フレッシュ・ゴーレム》であり、壊れたのもこの鎧だけ。

多少高価ではあっても、また作れる消耗品だけがつぶれ、彼女たち自身の肉体は極めて清いままだった。

だがしかし、そんなことはタンロウにはわからない。

着る筋肉、外付けの筋肉など想像もしてこなかった彼は、彼女らが健康であることが理解できなかった

「ば、バカな⁉　なぜだ、なぜ健康なんだ⁉　オーガの体は人より頑丈だが、それでも薬効の副作用がないわけがないぃ！　貴様、何をした⁉」

「おやおや、天才なのにわからないのか？」

「お、おおおおおおああああああ！」

心底愉快そうな、ガイカクの嘲り。

それを聞いたタンロウは、見苦しく叫んだ。

「天才の私がわからないことはない！　そのはずだ！」

「それなら、言い当ててみろよ」

「魔導なら私にわかるはず！　ど……どんな手品を使ったあああ！」

魔導士同士の格のつけ合いは、ここで終わった。

そして戦士たちは、互いを見合った。

健康な体で立っているオーガの女と、全身を複雑骨折した人間の男。

同じ薬を使ったにもかかわらず、この結果の差は受け入れかねるだろう。

「ど、どういうことだよ……この薬は、体を破滅させるんじゃなかったのか⁉」

「そうらしいですねえ、まあ実際この鎧《よろい》はボロボロに……」

「ふざけるな！　革鎧と薬は関係ないだろうが！」

タンロウ隊は、リスクを支払うことが誇りだった。他の誰もできないことをやっている
と、己の生き方に酔いしれていた。

まだ十分な栄光を得ぬまま、負けて死ぬ。それだけでも辛《つら》いが、同じであるはずの相手

が平然としていることが呪わしい。

「私たちは馬鹿なんで、あんまり詳しくないんですけど、とりあえず……」

オーガの女戦士たちは、やや引きつった顔で、ガイカクを見た。

同じく違法魔導士であるはずの、タンロウをこき下ろす男。

今回も戦っていないが、結局戦果は彼の物だ。

「私たちの親分は、天才なんで」

自分たちが使い潰されずに済んでいるのは、ガイカクの度量。

自分たちと倒れている人間に、大きな差などない。あるいは、彼らの方が優秀なのかもしれない。

その差を埋めて余りあるほど、ガイカクは非凡な男だった。

「クソ……ついていくやつを……間違え、た……」

そしてそれを理解した瞬間、地面に崩れていた二十人の男たちは激しくけいれんし、そのまま一気に動かなくなった。

目や耳、鼻や下半身から、液体が漏れ出てくる。更に加えて、肌の色も一気に赤黒くなっていった。

それこそいきなり死んで、一瞬で腐乱したかのようにも見えた。

「ひっ⁉」

「な、なんですか、これ……！」

ついさっきまで、一応は生きていた男たち。それが一瞬で、全員死んだところを見て、オーガたちは悲鳴を上げる。

実戦経験を踏んだ彼女らをして、あまりにも不自然な変死であった。

「薬の副作用だ。さっきもご本人様たちがおっしゃっていたように、薬を過剰に投与すればこうなってしまうリスクを負う。だから、違法なのさ」

「ひょええ……じゃあ私たちも、自分の体に直接使ったら……」

「こうなるかもな」

「わ、私たち、親分の部下でよかったです！」

ガイカクはからかうように、オーガたちへ警告する。

培養骨肉強化鎧《フレッシュ・ゴーレム》ではなく自分の体へ投与すればどうなるか、その顕著な失敗例を彼女たちに教えていたのだ。

「そうだろう、天才である俺の部下でよかっただろう」

ガイカクはあくまでも自分を讃《たた》えながら、腰を抜かしているタンロウに近づいた。

「欠点がある、難点があるとわかったうえで、それをそのまま使用する。レシピに書いてあるものを再現して満足する、そんな『雑魚《ざこ》魔導士』に拾われなくて、よかっただろう?」

「ま、まて、何をするつもりだ!」

「何をするってお前……実験だよ」

ガイカクは道化のように笑いながら、タンロウを見下していた。そして、いくつもの小瓶を彼の前で弄ぶ。

「さて、これはタンロウ君の作ったダッチャラだが……五人分を一気に投与したら、どうなるでしょうか?」

「な、なんだと⁉ ご、ご、五人分⁉ ち、ち、致死量じゃないか! 何をするつもりだ! 何を考えている!」

タンロウは慌てて逃げようとするが、腰が抜けて歩けない。

「ははは。わかっているくせに～～」

ガイカクは、残酷に笑っていた。

「殺すつもりだ」

致死量の鎮痛薬を投与した場合、本当に人は死ぬのか。その実験を、ガイカクはやろうとしている。

「ま、まて、止《や》めろ、いやだ！」

「そう怖がるなよ。わかっていると思うが、痛くないからさ」

運動不足なタンロウを、ガイカクは上から押さえつける。そしてその小瓶の中身を、無理やり飲ませ始めた。

「いやだ、いやだ……ど、どこで、間違えたんだ……」

最初こそ言葉を発し、もがいていたタンロウ。しかしだんだん意識を失い、身動きしなくなり、やがて呼吸や脈拍も止まっていた。

違法魔導士《まどうし》タンロウは、自分の作った薬によって死んだ。それはある意味、彼が薬をちゃんと作っていた証拠である。

だからこそ、何を間違えたのかと言えば、ダッチャラを売りまくったことであろう。

「さて……お前ら、これで全部片付いた、と思うか？　今回の一件は、万事解決したと思うか？　この見習い坊主《ぼうず》のやったことは、この程度だと思っているか？」

戦いを終えたオーガはもとより、まだ何もしていない歩兵《にんげん》も砲兵《エルフ》も、しばらく気が抜けていた。

敵兵が全員死に、ガイカクが制裁を下すところを見て、これが決着かとも思ってしまっていた。

「今までは倒して終わりだったが、今後俺たちは騎士団になるんだぞ、まだ仕事は、万事は終わっていない」

そういってガイカクは、歩兵隊長たるアマルティアへ指示を出す。

「アマルティア、作戦通りに拠点へ突入しろ。おそらくだが、中には残ったタンロウの仲間がいる。全員、確保しろ」

「……は、はい！　行くぞ、歩兵隊！　この任務を達成して、騎士になるんだ！」

「お……おおおおお！」

アマルティアの檄《げき》を受けて、歩兵隊は奮起する。

そうだった、よく考えればあと少しで任務は終わる。この後始末をすれば、自分たちは騎士になれる。

ただ憧れることしかできなかった夢に、手が届くのだ。そう喜び勇んで、歩兵隊はタンロウの拠点に突入する。

「なあソシエ。俺が前に、薬の販売に手を出さない理由を話したことを、憶《おぼ》えているか？」

残ったガイカクは、自分へ頻繁に質問をしていた彼女へ、問いを投げた。

「え？　はい、もちろんです。薬をたくさん作らないといけないので、私たちへの負担が大きい……ですよね？」

「そうだ。そして今まさにここで、薬を作らされていた奴隷たちがいるってことだ」

「あ……」

言われてみれば、当然の話である。

タンロウたちはかなりの数のダッチャラを売っていたのだから、相応の量の生産を行っていたはず。

それをここで死んだ面々が、馬鹿正直に自分で作っていたわけがない。

ならばガイカクが言っているように、働かされている人がいるはずだった。

「砲兵隊《エルフ》、今回の仕事はそいつらの保護と治療だ。正義の味方っぽく、助けてやれ」

「は……はい！」

歩兵隊が突入したタンロウの拠点へ、ガイカクも入っていく。それに少し遅れて、エルフたちも続いていった。

「あ、団長！　たしかに拠点内に怪しい奴《やつ》らはいました！　でもこの大きな建物に逃げ込んで立てこもられました。すみません、今扉を破ろうとしているところです」

「気にするな、アマルティア。急ぐことはないぞ、逃がさなければそれでいい」

拠点内部のひと際大きな建物を、歩兵隊が包囲していた。

どうやらタンロウの仲間はここに立てこもっているらしく、その扉を歩兵隊がやぶろうとしていた。

「あの、先生。私たちが手伝いましょうか？　この状況でなら、私たちの魔術でも十分お役に立てるかと」

「おいおい、でしゃばるもんじゃないぞ」

エルフたちは突入ぐらい手伝おうか、と進言する。

しかしガイカクは、あくまでも歩兵隊に任せるつもりだった。

「歩兵隊は元々プロの傭兵《ようへい》だ、雑魚じゃない。それにちゃんとした門を破るならまだしも、こんな工房の扉を破るなんて難しいことじゃない」

ガイカクの言う通りだった。この拠点全体は木の壁で囲われているが、壁の内部にある建物の扉は防犯など考えておらず、ただ風を遮るぐらいの意味しかなかった。

そんな建物では立てこもるにも限度がある、ほんの数分で扉は破られ歩兵隊が内部に突入した。

「動くな！　我らは……」

意気揚々と突入したアマルティアたち。彼女らは中の状態を見ると、一気に黙っていた。

それに続いてエルフたちも、『工房』の中に入る。その内部を見て、歩兵隊と同じように絶句した。

「……！」

先ほどガイカクが殺した、タンロウの工房。そこはある意味、普通の薬品工房だった。大きな鍋や竈《かまど》、薬草を浸《つ》ける大きな瓶《かめ》などがあるだけだ。

薬を作っているだけであるため、他にもいろいろと製造しているガイカクの拠点よりもまともだろう。

だがそれは、設備に限った話だった。その工房にいるタンロウの仲間と、働かされていた奴隷たちはあまりにもおぞましかった。

「た、タンロウとタンロウ隊が、負けたのか!?」

「ち、ちくしょう‼　に、逃げる道とかねえのかよ！」

豪華な装飾で着飾った、手に馬用の鞭《むち》を持っている男たち。

彼らはまさに、さっき死んだ者たちのおこぼれに与《あずか》っている悪党だった。

「た、助けが来たのか……？」

「あの化け物たちを、やっつけてくれたの？」

対照的に、薬を作らされていたであろう奴隷たちは、実に哀れだった。

着ている服はボロボロで洗濯もされておらず、体はやせ細っている。その表情を見るに、睡眠さえも不十分なことが明らかだった。

同じく違法魔導士の奴隷である自分たちと、あまりにも待遇が違い過ぎた。

「……！」

歩兵隊も砲兵隊も、言葉を失い続けていた。

そこにいるのは、あまりにも『奴隷』だった。自分たちが想像しているような、かわいそうな奴隷そのものだった。

「なあアマルティア、お前たちは手柄が欲しかったんだろう？」

ガイカクは道化めいた振る舞いをして、部下をたきつける。

「それならば、この状況で何をするべきだ？」

「決まっています……悪党を全員捕まえろ！　一人も逃がすな！」

「おおおおおおおお！」

アマルティア率いる歩兵隊は、工房に立てこもっていたタンロウ配下の残党を、瞬《また》く間《ま》に取り押さえていく。

「お、おい、やめろやめろって！　俺たちを捕まえるより、タンロウを捕まえろよ、なぁ、殺されてる？　ま、マジかよ……！」

「俺一人ぐらい、見逃してくれよ！　ちょっと甘い汁をすすっていただけじゃないか！

奴隷をいたぶるなんて、どこでもやってることだろう？」

「黙れ！　全員お縄に付け！」

義憤に燃える歩兵たちは、一切容赦なく鎮圧していった。

「あの、先生……私、先生の部下になれてよかったです」

「ソシエ、そんなことを言っている場合か？　捕まっている人たちへの応急処置が、お前たちの仕事だろう。さぼる奴は、俺だって容赦しないぜ」

「そうですね……頑張ります」

またそれと並行して、砲兵たちは工房で働かされていた者たちを助けていった。

ソシエを含めた二十人のエルフ《エルフ》たちは、ガイカクから簡単な医療技術を習っている。彼女らは、傷ついた労働者たちに可能な限りの応急処置を施していく。

「ああ、ありがとうございます……このご恩は、決して忘れません……」

「助けが来ると信じて、耐えた甲斐《かい》がありました……どうかお名前を……」

「そ、そんなことよりもまずは、傷の手当てをしましょう！　このままでは、それこそ死んでしまいますよ！」

今ここにいる、ガイカクの部下たちは悟った。

騎士とはなんなのか、騎士の仕事とはなんなのか。

この世界に、騎士が必要な理由を知ったのだ。

部下が騎士に目覚める瞬間を見届けたガイカクは、後片づけだけが残った拠点に背を向けた。

「アマルティア、ここは任せる。もうお前たちでどうにかできるはずだ」

「それはそうですが、団長は何を？」

この拠点での後片付けをアマルティアに託して、ガイカクは歩き始めた。

「まだ『万事』が終わっていない」

自分の部下たちは、騎士としての仕事をこなしている。

それに対して騎士団長になる彼は、まだ仕事を終えていなかった。

天才魔導士ガイカク・ヒクメは、彼にしかできないことをやろうとしていた。

4

ガイカクがタンロウ一派を壊滅させてから、数日後。アルラ・ボレアリス男爵は、ベッドの上で目を覚ました。

「おお、男爵様！」

「じい？　わ、わたしは……いや、その……？」

朝の光で目を覚ましたばかりの少年、若すぎる男爵は、泣いて喜ぶ執事に驚きつつ、しかし身を起こした。

「……⁉」

身を起こせたことで、彼は驚いた。

元々体が弱く、父が倒れた後は病にふせっていた。にもかかわらず、今の彼は身を起こせた。健康な者なら驚かないことに、彼は仰天していたのである。

「な、か、体が……⁉」

「目が覚めたようですなあ、男爵様」

怪しい風体の男が寝室に入ってきたことで、ボレアリス男爵はやや身構える。

しかしだんだんと、意識を失う前のことを思い出してきた。

「貴方《あなた》は……たしか、ガイカク・ヒクメ殿では？」

「覚えてくださったとは、光栄の至り……ゲヒヒヒヒ……」

あえて卑《いや》しい振る舞い、怪しい振る舞いをするガイカク。

その彼が何かをしたのだと、聡明《そうめい》な少年は見抜いていた。

「わ、私の体に何を？　い、いや……それよりも、あの薬売りたちは？」

「タンロウどもなら、始末しました。生かしておく必要はないとのお達しでしたので。よろしければ、後で首を確認なさいますか？」

「い、いや……構わない。どうせ私は、奴らの顔をよく知らないのでな……」

ごほんと、咳払《せきばら》いをする。

できるだけ男爵らしい振る舞いをしようとする。

「そうか、父の仇《かたき》を……母や領民の仇を討ってくれたのだな。感謝する」

「ははあ……」

「では、私の体は？　なぜこんなにも体が軽い？」

「くひひひひ」

戸惑う少年を、ガイカクは怖がらせるように笑った。

「タンロウが作った違法な薬……鎮痛薬ダッチャラと筋肉《きんにく》強《きょう》化薬《かやく》ホテイヒルトを、私が貴方へ投与いたしました」

「な、なんだと⁉」

「なにぃ⁉」

これには男爵も執事も驚きである。二人は慌てて、施術を受けた少年男爵の体を確認した。

筋肉強化薬の間違った使用例しか知らない二人は、投与されれば化け物めいた姿になるのだと思っているようだった。

だが実際には、骨と皮だけになっていた少年の体に、少し肉が付いた程度になっている。

「禁止される薬には、禁止されるだけの理由がある。ただ、生み出されるだけの理由もあるのですよ。正しく使えば、人を救うことができるのです」

ガイカクは悪戯《いたずら》っぽく、顔も見せずに笑っていた。

「もちろん薬だけで治すことはできませんが、今後リハビリをすれば、男爵様も表を走り回れるほど健康になれますよ」

「ほ、ほんとうに⁉　ほんとうに⁉　うそじゃない⁉」

ベッドの上で跳ねそうになる、年相応に喜ぶ少年。

その彼に戸惑いつつも涙を流す執事へ、ガイカクはわざとらしく声をかけた。

「治療のためとはいえ、違法な薬を使用したことは事実。私の首が飛びますので……このことはご内密に」

「も、もちろんです！」

べろりと、ガイカクは舌を出してふざける。

「きれいに終わらせられず、申し訳ありませせぬ。ですが……万事任せて、正解だったでしょう？」

それを言い切ると、ガイカクは部屋を出て扉を閉めた。今彼が出たばかりの部屋の中から、喜ぶ子供の声と泣いている老人の声が聞こえてくる。

そして扉の外には、神妙な顔のソシエが待っていた。

「先生、お待ちしておりました」

「ん……げひひひ！　ずいぶんかしこまっているな、ソシエ」

普段よりも自分に敬意を示している彼女を、ガイカクは面白がって笑ってやった。

小ばかにしてくるガイカクに対しても、ソシエは敬意ある表情を崩さない。

「……今回初めて、先生以外の違法魔導士《まどうし》を見ました。危険なもの、問題のあるものを、そのまま悪用する者」

「そして奴隷を、自分たちのようなものを、痛めつけてこき使って使い捨てる嫌なご主人様、か？　そんな奴《やつ》と違って、自分を可愛《かわい》がってくれるから大好きです、か？」

結局自分のことだなあ、と茶化すガイカク。だがそれさえも、ソシエは真っ向から肯定する。

「ええ、そうです。先生、貴方は私たちに配慮をしてくださって、そのうえで成果を出している。だから尊敬できます、自慢できます」

「開き直りやがった……くくくく」

「私たちは、貴方についていきます。さあ……」

ソシエは、案内人のごとくに、ガイカクを屋敷《やしき》の外へと案内し始めた。

ガイカクはその先に何が待つのかわかったうえで、彼女についていく。

にやにやと、不敵に笑う天才違法魔導士。彼が向かったその先には、整列している奴隷たちがいた。

今回の作戦に参加した、重装歩兵隊《オーガ》、砲兵隊《エルフ》、歩兵隊《にんげん》。ソシエを含めて、百四十人からなる女戦士たち。

色々な意味で、現実を知った者たち。その顔に、ゆるみはなかった。

「おいおい、お前ららしくねえなあ。騎士になれたよ、ばんざ～い！　って喜ぶかと思ったのに……だが、いい顔だ。そうだ、ここからが『本番』だ」

勝って兜《かぶと》の緒を締めよ、と言うまでもなかった。

騎士になることばかり考えていた者たちは、騎士の使命感に目覚めていた。

「これから先、俺たちには騎士としての仕事が回ってくる。それは多くのエリートが協力しあってようやく達成できる、そんな最高難易度のものだ」

だからこそ、ガイカクが何を言っても、受け入れる覚悟ができていた。

「だが、お前たちはそれを達成できる。今までのように、俺の指示に忠実に動けば、お前

たちは他の騎士団と変わらぬ仕事ができる」

それは安楽な道ではない、だが苦難だけの道でもない。

充実がある、人生に自信を持たせる道だ。

「……今まで、俺の命令に反さず、俺を信じて、よく頑張ってきてくれた。お前たちの誠実さに反さないよう、俺も全力を尽くす」

ガイカクは、目の前の騎士たちに約束した。

「お前たちの命を預かる、騎士団長としてな」

生真面目に言い切ると、ここで彼はふざけたように笑い直した。

「……いや、これは拠点に戻った後でもよかったか。さあ拠点に戻るぞ……騎士団としての凱旋《がいせん》だ！」

「はい！」

ここにいない、獣人《じゅうじん》やゴブリン、ダークエルフたち。

彼女らは拠点で、任務が成功したのかさえも知らぬままやきもきしているだろう。

その彼女らへ、勝利の報告をする。それを胸に抱いて、新しい騎士団は歩き始めていた。

5

ボレアリス男爵領での任務を終えて、一週間後のこと。

ガイカク・ヒクメはティストリアの職場、騎士団総本部を訪れていた。

本来なら正体不明の男など招き入れないが、今回は話が違う。

この国には騎士団が五つしかなく、団長も五人、ティストリアを含めても六人しかいなかった。ガイカクはそれに新しく加わる、七人目の騎士団長なのだ。

騎士団に属していた者たちのほとんどをぶち抜いて、一気に昇進した男。彼は騎士団総本部にあるティストリアの執務室に入ると、フードをかぶったまま挨拶をした。

「騎士総長《きしそうちょう》閣下……ガイカク・ヒクメ、参上仕《つかまつ》りました」

「よく来てくれました、ガイカク・ヒクメ卿《きょう》」

相変わらず、というべきだろう。ティストリアは、眉一つ動かさないままの笑顔だった。まさに営業用《ビジネス》スマイル、笑っているが喜んでいるように見えない。

そのうえで、尋常ならざるほど美しい。

人間以外の生き物がいる世界では不適当かもしれないが、人間離れして美しかった。人間だとわかる容姿であるのに、人間を超えているようにしか見えない。それこそ、人間の上位種族と言われても信じるだろう。

少なくとも、ボリックの隣に並べれば、同じ種族だと思う者はおるまい。

（この細い腕の細い指で、あの薬物強化された荒くれ者たちと互角かそれ以上だっていうんだから、ふざけた話だ……）

ガイカクは卑小な振る舞いをしているが、内心でもおののいていた。

それこそ、生物としての格が違う。相手に危害をくわえるつもりが無くても、怖いものは怖いのだ。

「まず……この度の任務、よくぞこなしてくれました。貴方を、貴方たちを推薦した私の面目も、これで保たれます」

（ごもっともな話だが……ちっとも安心している雰囲気じゃねえ……！　この女、自分に興味が無いのか？）

「貴方は私の課題を二つこなしました。であれば私も、貴方に対して約束を果たすべきでしょう」

この国の男子、女子。あるいは異種族に聞いても夢だというであろう、騎士の地位。

それを束ねる騎士団長の任命が、これから始まろうとしている。

（まさか俺がこうなるとはな……だがもう腹はくくった、イケるところまで行く！）

違法魔導士であるガイカクは、その技術を所持していると知られれば、当然罰せられる。

だが一定以上の地位に就き、一定以上のコネを得れば、なんとかなるだろう（多分）。

そんなあいまいな目標を立てなければならないほど、ガイカクは追い詰められ、なおかつ好機を得ていた。

「本来なら豪華なセレモニーをするところですが……貴方《あなた》の都合も考えて、今回は略式とします。とはいえ、貴方たちが騎士団として任務をこなせば、おのずと大規模なセレモニーの主役になるでしょう」

「き、期待にこたえてみせます」

「ええ、期待しています」

さらっと、とんでもない武勲を上げて当たり前、と言われた。

しかし騎士団を新設するのだから、それぐらいしなければなるまい。

「それでは……貴方を任命します」

そして、ここで彼女は命名を行った。

「はっ……」

「ガイカク・ヒクメ。これより貴方は……『奇術騎士団《きじゅつきしだん》』の団長となり、国家へ奉仕してもらいます」

「奇術、騎士団……」

「ええ、貴方たちにふさわしい名前かと」

ガイカク・ヒクメを団長とする組織は、ティストリアによって『奇術騎士団』という名前を授かった。

なるほど、もっともなネーミングである。

「ちなみに、騎士団の旗はこれになります」

ティストリアが取り出した旗は、シルクハットに紳士杖《づえ》、そして白い手袋があしらわれたものだった。

それこそ、ちょっとポップな手品ショーのマークだった。

「デザインは私、旗も私の手作りです」

今までにないほど、彼女は感情を出していた。

おそらく、彼女の自信作だと思われる。

「……」

「どうしましたか?」

「い、いえ! 感銘を受けまして……」

「そうですか、気に入ってくださって嬉《うれ》しいです」

この度新設された奇術騎士団は、この旗を掲げて大いに躍進する。

当初こそ騎士団ならぬサーカス団として小ばかにされていたが、武勲を上げるたびに畏

怖の念を集める。

戦場でこの個性的な旗が掲げられれば、敵兵は恐れおののき、敵将は撤退を視野に入れるほどとなる。

（……この旗を掲げて戦うのか）

なお受け取った当人は、正直嫌だった模様。

# あとがき

この度は本作をご購入くださり、ありがとうございます。作者の明石六郎《あかしろくろう》でございます。

本作は小説投稿サイト『小説家になろう《しょうせつか》』様へ投稿していた『ガイカク・ヒクメの色《いろ》物騎士団《ものきしだん》』を、大幅に改稿したものとなっております。

もしも興味がおありなら、そちらの方も読んでいただけると幸いです。


さて、せっかく作者の意見を言える機会をいただけましたので、野暮と知りながら本作について語らせていただきます。

本作の主人公は、明確に犯罪者です。良くも悪くも、清廉潔白なスーパーヒーローではありません。だからこそできる、やりすぎなぐらいの露悪的で痛快な振る舞いができます。

しかし、この手のダークヒーローものは、一歩間違えると『一線』を越えてしまい、読者様を不快にさせてしまいます。

もちろんどんな作品にも、読者様を不快にさせるキャラや描写はあります。その不快さを吹き飛ばした時のカタルシスにつながるので、決して悪いものではありません。

しかしその不快さが一線を越えると『読むのが嫌になる』段階に達することもあるのです。そうなってしまえば、作品として失敗です。

皆さんがこの作品を最後まで読んでくださったということは、皆さんにとっての一線を、この作品が越えなかったということだと思います。

ここまで読んでくださったことに、感謝と安堵《あんど》を禁じ得ません。

読者様を楽しませてこそ、作品の個性は作風として昇華します。

今後も作風を保ちつつ、新しい展開を続けていきたいと思います。

つまり……今後も応援、よろしくお願いします！

最後に……本作を拾ってくださった、編集の林《はやし》様。本作に素敵なイラストを描いてくださった、氷室《ひむろ》様。本当にありがとうございました。この場を借りて、感謝を述べさせていただきます。

明石　六郎

富士見ファンタジア文庫

英雄《えいゆう》女《おんな》騎士《きし》に有能《ゆうのう》とバレた俺《おれ》の
美人《びじん》ハーレム騎士団《きしだん》
ガイカク・ヒクメの奇術《きじゅつ》騎士団《きしだん》

令和5年9月20日　初版発行

著者――明石六郎《あかしろくろう》

発行者――山下直久
発　行――株式会社KADOKAWA
〒102-8177
東京都千代田区富士見2-13-3
0570-002-301（ナビダイヤル）
印刷所――株式会社暁印刷
製本所――本間製本株式会社


ISBN978-4-04-075140-5 C0193 ◇◇◇

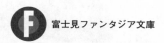

無自覚最強ハーレム！
シリーズ
好評発売中！
妹が女騎士学園に
入学したら
救国《なぜか》の英雄になりました。
僕
ぼくが。
After my sister enrolling in Girl Knights' School, I become a HERO.
author.
ラマンおいどん
ill. なたーしゃ
ファンタジア文庫

だって学園の誰より
兄さんのが
強いですから
STORY
妹を女騎士学園に送り出し、さて今日の晩ごはんはなににしよう、と考えていたら、なぜか公爵令嬢の生徒会長がやってきて、知らないうちに女王と出会い、男嫌いのはずのアマゾネスには崇められ……え？　なんでハーレム？

切り拓け！キミだけの王道
ファンタジア大賞
原稿募集中！
賞金
《大賞》300万円
《金賞》50万円
《銀賞》30万円
選考委員
細音啓 「キミと僕の最後の戦場、あるいは世界が始まる聖戦」
橘公司 「デート・ア・ライブ」
羊太郎 「ロクでなし魔術講師と禁忌教典《アカシックレコード》」
ファンタジア文庫編集長
前期締切 8月末日
後期締切 2月末日
公式サイトはこちら！ https://www.fantasiataisho.com/
イラスト／つなこ